행복이
도대체 뭐길래

행복이
도대체 뭐길래

2025년 3월  5일 인쇄
2025년 3월 15일 발행

지은이  현담 스님

펴낸이  손정순

펴낸곳  열림문화
　　　　주소 제주특별자치도 제주시 청귤로 15
　　　　전화 (064)755-4856
　　　　팩스 (064)755-4855
　　　　이메일 sunjin8075@hanmail.net
　　　　인쇄 선진인쇄

ISBN  979-11-92003-53-5 (03810)

값 15,000원

# 행복이
# 도대체 뭐길래

현담 스님

제주도 한라산 오솔길에서 줍는
소소한 행복 이야기

행복이 도대체 뭐길래

힌두교에서는 인생을 4주기로 나누어

첫째 범행기梵行期, brahmacarya,

둘째 가주기家住期, grhasthya,

셋째 임서기林棲期, vānaprastha,

넷째 유행기遊行期, Sannyasa로 나눈다.

나 또한 가주기를 마치고 임서기에 들었는지

혹은 유행기에 접어들었는지

조용히 거처할 곳을 찾아

인도로, 미얀마로 그리고 지금은 제주도에

거처할 곳을 마련한지도 4년이 훌쩍 넘었다.

머무는 곳의 뒤편에는

1,000미터가 넘는 오름들이 줄지어 있다.

오름 오르는 것도 즐겁지만,

오름 사이사이 오솔길들은

세상 어느 곳보다도 아늑하다.

오늘도 사람들이 잘 다니지 않는 오솔길에 접어들어
이름도 모르는 꽃들과 이야기하고,
가끔 마주치는 노루 식구들과 장난친다.

법당에 우두커니 앉아 있는 시간과 오름 속의 시간이 어울려
길었던 세월 동안의 앙금이 녹아 사라지는 느낌을 갖는다.
4년여 한라산옥불사에 머물며
유튜브에 올려 보았던 짧은 글들을 묶어 보았다. (기타치는 땡중)

처음 내보는 나의 글에 오솔길에 숨어서 다소곳이 피어있는
꽃처럼 수줍음이 가득하지만,
용기낸 마음이 오히려 기특하다.

제주도 한라산 오솔길에서 줍는 작은 행복과 깨달음이
이 책을 읽는 분들과 함께 하였으면 좋겠다.

2024년 겨울
한라산옥불사에서

004  행복을 여는 글


# 1 happiness

## 2024년 여름

017  첫 번째 화살과 두 번째 화살
019  깨달음과 일상은 둘이 아니다
021  매미의 우화羽化와 칠순 노인네
023  한번의 화와 백번의 욕심
025  행복은 나비와 같다


# 2 happiness

## 2024년 봄

029  하늘이 무슨 말을 하던가!
031  97세의 장모님과 외로움
033  돌아가야 하는 길목에서
036  숲의 오솔길과 무심無心
038  내가 없으면, 문제도 없다
040  연등을 다는 보살님의 마음이 부처다
042  천백억 개의 보배구슬
044  높은 것은 높은 대로, 낮은 것은 낮은 대로
046  내려놓으면 보이고, 비우면 채워진다
048  진정한 바보

050 극락세계는 서쪽에 있고, 천국은 동쪽에 있는가?

052 달래 캐기와 알아차림

054 꽃샘추위

# 3 happiness
## 2023~2024년 겨울

059 내가 보고 있는 세상은 내 마음이 그리고 있는 세상이다

062 불현듯 찾아오는 짙은 안개처럼

064 잃어버린 나와 잃어버린 너

066 운무와 눈보라의 윗세오름을 오르면서

068 공명조와 아름다운 마무리

070 바람의 모습

072 오늘, 이번 달, 금년 그리고 금생今生

074 무엇이 되려고 애쓰지 마세요.
　　 그러면 저절로 무언가가 됩니다

077 담담히 그냥 그대로 흐르게 하세요,
　　 그렇게 사는거지요 뭐!

079 유희삼매遊戲三昧

082 짙은 안개와 그림자假有

084 동백꽃에서의 외로움

086 반려견 단비와 재롱이

088 사라져 가는 것들의 아름다움

091 겨울채비

093 아름다운 지구와 손녀들

095  부모를 만나면 부모를 죽여라

097  원래 자리로 돌아가는 아름다움

100  세상은 수많은 매듭의 모임이다

102  황금률과 행복의 조건

105  본래 고향으로 돌아가는 길목에서

107  인드라망의 구슬과 양자역학

109  진리는 언제나 내 곁에 있다

# 4

happiness

## 2023년 여름

113  만 개의 시선과 허상들

115  내 인생의 무게는 얼마나 될까?

117  연아달다의 머리는 어디 있을까?

119  지독한 에고이스트와 독사의 자식들

121  하늘엔 구름이 오고 가고, 연못엔 달이 오고 간다

123  수처작주 입처개진 隨處作主 立處皆眞

125  판도라의 상자와 에덴동산

127  눈물이 없는 자는 영혼의 무지개가 없다

129  천 개의 입과 하나의 몸

131  가보지 않은 길

133  무소의 뿔처럼 혼자서 가라

135  산딸기와 산수국

137  소들의 해방과 자유

5 happiness

2023년 봄

141 원숭이의 마음

143 넉넉하고 조촐한 살림살이

145 비우고 또 비우는 지혜

147 마음의 헐떡거림을 쉬게 하라

149 그냥 들어주세요

151 천일기도를 마무리하며

153 두려움과 함께하는 위대한 모험

156 고사리 명상과 에고

158 아제아제 바라아제 바라승아제

160 원인과 결과는 찰나생 찰나멸 刹那生 刹那滅

162 잃어버린 나를 찾아서

164 하이 파이브

166 귀머거리와 벙어리

168 천방지축의 마음

170 소소한 깨침의 즐거움


6 happiness

2022~2023년 겨울

175 안의 마음과 바깥의 마음

178 비워지는 것의 즐거움

180 사십구재와 윤회輪廻

182 산방산의 유채꽃
185 오고가는 인연들 속에서
187 거친 파도와 연기법
189 꼬마들의 하얀 도화지
191 새해맞이
193 어느 할매의 천도제
196 육지 나들이 1
199 눈이 오는 날
201 버릴 줄 모르면 죽는다네

# 7

happiness

## 2022년 가을

205 에코의 전설
207 머물러야 할 자리
209 서산대사 해탈시解脫詩
213 그 많고 많은 마음들
215 자유롭게 사세요
217 손녀와 카톡하는 즐거움
219 정지된 순간들의 파노라마
222 가을의 문턱을 지나면서
224 입관과 일포(문상객 방문 날)
226 나의 빚宿業은 나의 몫
228 제주도 가을의 억새들

# 8 happiness
## 2022년 여름

233  사랑에 대하여
235  나고 죽는 일
237  행복이 도대체 뭐길래
239  외로운 마음을 토닥이며
241  모노드라마
243  사십구재의 마지막 날
245  태풍과 외로움
247  매미의 우화
249  동반자들과 함께하는 오름둘레길
251  우주에서의 생존법칙
254  본래 그 자리
256  번잡함 속에서의 외로움
259  바보되는 지름길
262  무소의 뿔처럼


# 9 happiness
## 2022년 봄

267  욕심쟁이
269  외로움과 친구되기
271  색즉시공 공즉시색
274  소 한마리의 고통

276 한라산옥불사의 초파일

278 고사리의 추억들

280 분노와 까르마

283 초록의 잔치

285 어느 수녀의 기도

288 봄의 미소들

290 주연과 조연

292 잃어버린 길

294 봄비

296 인도의 시골 구석을 돌아다니며

298 산책하는 오솔길에서

# 10 happiness
## 2021~2022년 겨울

303 본래 하나인 것을

305 가난과 비움 사이

308 입춘기도와 상념들

310 노루와 들개

312 무지의 축복

315 새로운 지금 이 순간

317 미운 마음과 고운 마음

319 죽음이라는 멋진 친구

321 탐모라질 둘레길에서

323 바람의 모습

326 유튜브를 시작하면서

329 육지 나들이 2

331 부활절 단상

# 11 happiness
## 손녀에게

335 코끼리 이야기

336 화가 나면…

337 거울

388 하마의 눈알

389 1 이라는 숫자

340 요술 나무

342 사랑받은 토끼

343 화내는 할아버지

344 화가 번지면 큰일나요

345 게으른 귀뚜라미

346 할아버지는 천재

347 봄이 오면 얼음이 녹아요

348 얼룩진 거울

349 도둑고양이

350 하늘의 별빛

352 꼽사리

353 수수께끼

354 어느 곳에서도

355 여우의 꼬리

357 두마리의 늑대

358 원숭이와 도토리

제주도 한라산 오솔길에서 줍는
소소한 행복 이야기

# 1
happiness

## 2024년 여름

첫 번째 화살과 두 번째 화살
깨달음과 일상은 둘이 아니다
매미의 우화羽化와 칠순 노인네
한번의 화와 백번의 욕심
행복은 나비와 같다

우리들은 태생적으로 부정적인 경험에 대해서는
강하게 붙들려 하는 접착제와 같고 긍정적인 경험에 대해서는
쓴 약처럼 거부한다. 그래서 한번의 마음의 상처는 오래 남아
있고 여러번의 감격은 쉽게 잊혀진다.

# 첫 번째 화살과
# 두 번째 화살
the 1st arrow & 2nd arrow

늙은 할멍의 모습으로 시들은 수국들이 고개를 숙이고 있고
그 위로 진한 분홍빛을 띤 배롱나무 꽃이 한창이다.
배롱이란 발갛게 초롱초롱함이라는 의미로 제주 사투리란다.
붉은 깃발의 배를 보고 사랑하는 남자의 죽음으로 착각한
바닷가 처녀의 슬픔과 자결
그리고 그 곳에서 피어난 꽃의 전설에서
이쁜 처녀는 스스로 두 번째 화살을 맞고 말았다.
누구든지 피할 수 없는 몸과 마음의 고통은
존재의 첫 번째 화살이다.
인간이 살아가고 사랑하는 한,
이 첫 번째 화살은 피할 수 없는 숙명이다.

그러나 고통에 대한 반응으로 두 번째 화살을 맞는다.

화를 내고, 원망하고, 불안해 하는 것이 두 번째 화살이다.

감정의 노예가 되어 집착하는 두 번째 화살이다.

통증은 피할 수 없지만 괴로움은 선택할 수 있다.

첫 번째 화살은 어쩔 수 없지만, 연이어 맞는

두 번째 화살은 피할 수 있는 지혜가 필요하다.

두 번째 화살은 실재하지 않는 또 하나의 괴로움이다.

즉 두번째 화살로 고통에 또 다른 괴로움을 더한다.

마음이 만들어 낸 가상의 감정인줄 모르고

그렇게 스스로에게 고통의 화살을 쏘고 있는 것이다.

이렇게 우리는 작은 즐거움과 고통에 지나치게 민감하여

분노하고, 원망하고 우울해지곤 한다.

이런 번뇌와 괴로움의 불을 끄고 더 태울 장작을 없애면

두 번째 화살은 피할 수 있을 것이다.

우리가 적은 시간이라도

스스로 변하려는 노력이 멈추지 않는다면

결국엔 행복과 사랑 그리고 지혜로 바뀌게 될 것이다.

━━━

그대 가진 모든 것을 다해, 할 수 있는 모든 것을 하라.
그대가 지금 있는 그곳에서, 바로 이 시간에.

- 은코시 존슨 -

━━━

누구든지 구하면 받고, 찾으면 얻고,
문을 두드리면 열릴 것이다.

## 깨달음과 일상은
## 둘이 아니다
enlightenment & daily life
are not two things


올해는 내리쬐는 태양의 열기가 예년과 사뭇 다르다.
매년 달라지는 날씨처럼 내가 즐겨 찾는
숲속의 오솔길도 어제의 소박한 모습이 아니다.
어쩌면 본래 숲의 모습으로 돌아가고 있는지도 모르겠다.
한가하고 소박하게 걸을 수 있었던 오솔길들이
어깨 높이만한 조릿대 더미로 혹은
뻗어진 굵은 가지들과 넝쿨들로
오솔길이 보이지 않을 정도로 거칠어졌다.
숲이 결국 숲의 뿌리로 돌아가려 하는 몸부림처럼
다시 고향으로 찾아들어 고요해지고 싶나 보다.
도덕경의 이야기처럼

휘면 온전할 수 있고, 굽으면 곧아질 수 있고,
움푹 파이면 채워지게 되고, 헐리면 새로워지고,
적으면 얻게 되고, 많으면 미혹을 당하는 이치이다.
거칠어진 오솔길에 아쉬워하는 것조차 작은 욕심이란 생각이 들어
거칠어진 숲에 담담해지려고 한다.
평온하고자 하는 마음에 무슨 조건들이 필요하겠는가?
의식의 문을 항상 열어놓아
들어오고 머물고 나가는 것에 무심하고자 한다.
어쩌면 우리들의 마음은 익혀온 습관에 의해 생긴
자기만의 고집으로 세상을 바라보고,
내가 보고 싶은 쪽으로 세상을 봄으로써
진실되지 않은 허상을 만들어 내는 것에 익숙하기 때문이리라.
즉 방하착放下着, 무소유無所有란
소유하되 소유하지 않는 것이고,
고통이 있되 그 속에 함몰되지 않는 것처럼
고락苦樂을 떠나지 않는 가운데 고락을 넘어선 마음자리가
바로 진실된 마음자리인 것이다.
그렇게 일상의 진실과 깨달음은 둘이 아닌 것이다.

━━

하나의 모래알 속에서 세상을 보고, 들꽃에서 천국을 보고
손바닥에 무한을 품고, 한시간에 영원을 담는다.

- 윌리엄 블레이크 -

━━

과거로 되돌리는 많은 생각과 트라우마는
아직 오지 않은 미래의 걱정을 만들고
관념의 껍질을 두껍게 만드는 좋은 먹거리이다.


# 매미의 우화羽化와
# 칠순 노인네
cicada's shedding & old man


장마가 걷어지고 햇살이 따갑게 비추기 시작하더니만,
숲속이 갑자기 시끄러워졌다.
엄청나게 울어대는 매미소리와 함께 한 여름이 지나가고 있다.
숲속은 몇년 동안 땅속 생활을 마친 숫매미들이
울지 못하는 암놈의 몫까지 처절하게 우는 소리로 가득하다.
자연의 천적들로부터 살아남은 매미의 애벌레는
또 한번의 등껍질을 벗어야 황금의 날개를 단다.
금선탈각金蟬脫殼의 순간이다.
나 또한 어느새 칠순의 고개에 넘어선다.
삶이 즐거운 이들에게는 짧게 느껴지고
삶이 고단하면 길게 느껴지겠지만…

다행히도 나의 내면에 숨어있는 쓰라린 경험들
즉 어렸을 적 경험했던 두려움의 트라우마들을
이해하고 스스로를 용서하는 60대의 시간들이 고마웠다.
처절한 삶 속에서의 트라우마들은
인연들에게도 크고 작은 상처가 되었으리라!
내면적인 트라우마가 꿈틀거리면
극도의 긴장감으로 표현되는 날카로운 언행들,
내가 다치고 너를 다치게 했던 어리석었던 모습들,
스스로를 트라우마와 질긴 업의 감옥에
가두었던 어리석음도 이제사 바라보고 이해한다.
갈등의 순간들마다 '최선을 다하고 있다'는
혼자만의 생각으로 모든 것을 용서받고 이해받으려 했던
내면의 어리석은 몸부림이었지 않나 싶다.
아직도 그 트라우마가 완전히 치유되지는 않았겠지만
지금은 그 트라우마들을 알아차리고 있다는 것이다.
내가 나를 조금씩 알아가고, 나와 너를 알아가고,
나와 우주를 알아가는 시간들이었다.

이젠 70대에는 어떤 모습으로 살아갈까?

생각들이 꼬리에 꼬리를 물고 일어나고,
사람들은 생각의 물결에 휩쓸려버려 에고의 바다에 빠져버린다.
그리고 에고인지를 눈치채지 못한다.

# 한번의 화와
# 백번의 욕심
one anger & hundred greed

지루한 장마가 몇 날 며칠 길게 이어진다.
7월 중순을 넘기려나 보다.
지구 기후의 이상 현상들이 불현듯 다가와
슬며시 그리고 강하게 일상생활에 뿌리를 내린다.
끊임없이 밀려드는 생각과 감정들에 휩쓸려
쉽게 노예가 되어버리는 것처럼 말이다.
쉴새없이 밀려드는 의식들은 무의식의 습첩들과 뒤엉켜
새로운 업을 또 만들어가길 반복한다.
인간의 탐욕에 지구의 생태계가 화가 많이 나 있지만
사람들 또한 한번의 화가 백번의 탐욕보다
더 큰 장애를 일으킨다는 사실을 모른다.

마음 속에 품고 있는 미세한 혐오 혹은
초조하거나 감정이 상했을 때와
아주 작은 노여움이 움틀거릴 때의 감정들은
내면에서 일기 시작하는 성냄과 동일하다.
이미 잔잔한 호수에 떨어진 낙엽이 만들어낸 물결을
멈추게 하려는 어린아이가 되어, 어느 훗날 이야기 보따리에
괜한 감상에 젖고 싶은 어리석은 사람과 다름이 없다.
우리는 '모든 것을 그냥 놓아두는 것'에 불안함을 느낀다.
'저절로 되는 것'에 대한 믿음이 없는 것이다.
그때 개입하고 조절하려는 '나'라는 것이 꿈틀거린다.
'하되 한다는 생각이 멀면 멀수록 좋은 것'을 모른다.
잔잔한 마음에 생각을 주는 것은
마음이 날뛰게 하는 먹이를 주는 것과 같다.
마음의 뒤로 떨어져 나와 건드리지 말고
끼어들지도 말고, 멈추려는 생각도 하지 않음이 좋다.
뒤에서 지켜볼 뿐 아무것도 하지 않으면
우리는 마음으로부터 벗어나 자유로울 수 있다.
그러한 알아차림은 아픈 것을 낮게 해 주는 것도 아니고,
싫어하는 사람을 좋아하는 사람으로 바꿔주지 않지만,
단지 지금 이순간 내가 아프다는 사실을 알게 해 주고,
내가 지금 누군가를 싫어한다는 사실을 알게 해준다.
결국 화 또는 환희가 실제로 존재하고 있지 않은
언어적이고 개념적인 것을 알게 해 준다.

지나가버려 존재하지 않는 과거를 현재의 순간으로 가져오지 말고
아직 오지 않아 존재하지 않는 미래를
현재의 순간에 가져오지 말고
지금 이 순간 망상에서 벗어나면 당신이 바로 붓다이다.


# 행복은
# 나비와 같다
happiness is like a butterfly


며칠 동안 내리던 비와 강한 바람에 싫증이 날 즈음에
이틀 전부터는 내리쬐는 햇살 또한 장난이 아니다.
또 다시 비를 그리워하게 되는 마음이 참 간사스럽다.
작은 것에도 물결치는 마음이 꼬리에 꼬리를 이어간다.
우리는 살아오면서 성취의 단맛과 실패의 쓴 맛,
좋은 것 나쁜 것, 아름다운 것 추악한 것, 맞고 틀린 것 등의
마음의 분별 및 갈등들과 무의식적으로
동고동락할 수 밖에 없었다.
그리고 이러한 고통과 갈등을 벗어나려
환경을 바꾸거나 시간적으로 건너뛰려 하였다.
하지만 도망가거나 회피하면 할수록

고통과 갈등은 깊어지고 커지는 것을 느껴왔기에
그냥 그 고통과 갈등의 문제에 직면하고 부딪혀보면 어떨까?
그들이 지금 현재에 존재하고 있음을 바라만 보아도 좋다.
그러면 서서히 그렇게 많은 생각들이
마음이 만들어낸 가상의 세계임을 느낄 수 있다.
즉 단지 스쳐 지나가는 망상의 파편들이라는 것을 알게 된다.
그렇게 아상我相이 가라앉으면 나만의 붓다, 나만의 예수
그리고 나만의 알라가 숨어 있다는 것을 알게 된다.
그런 진정한 마음의 평온과 천국은
분별과 갈등을 바라보는 알아차림이 주는 위대한 선물이다.
아래로 내려놓아 '나'라는 환상이 깨지면 우리 내부에
이미 아름답고 신비로운 또 다른 '나'를 발견한다.
그렇게 마음의 평온으로 만들어지는 행복은 나비와 같다.
나비를 잡으려 그것을 따라가 잡으려면
자꾸만 우리에게서 멀어지지만, 무심히 자연과 함께하면
나비가 살며시 우리 어깨에 와서 앉는다.
행복이란 나도 모르게 자연스레 스며드는 평온의 축복이다.
개념 속의 행복을 쫓아다녀 찾은 행복의 느낌은
잠시 찾아왔다 사라지는 쾌감의 순간일 뿐이다.
떠오르고 사라지는 마음들을 바라보는 경험은
생각은 생각일 뿐 사물의 진실이 아니며,
감정은 감정일 뿐 사물의 진실이 아님을 알게 해 준다.
하루 일과 중 많은 순간에 생각과 판단이
머물다 사라지는 것에 그저 주의를 기울여보자.

하늘이 무슨 말을 하던가! · 97세의 장모님과 외로움 · 돌아가야 하는 길목에서 · 숲의 오솔길과 무심無心 · 내가 없으면, 문제도 없다 · 연등을 다는 보살님의 마음이 부처다 · 천백억 개의 보배구슬 · 높은 것은 높은 대로, 낮은 것은 낮은 대로 · 내려놓으면 보이고, 비우면 채워진다 · 진정한 바보 · 극락세계는 서쪽에 있고, 천국은 동쪽에 있는가? · 달래 캐기와 알아차림 · 꽃샘추위

멀리 보이기만 하는 깨달음은
삶을 통해서 얻어지는 작은 지혜의 모임이다.
그리고 언젠가 작지만 단단한 덩어리가 품에 안겨진다.
우주를 품은 듯 감미롭다.

# 하늘이
# 무슨 말을 하던가!
## whatever heaven says!

족은 노꼬메 상잣길과 족은 바리메 뒤쪽 오솔길엔
산수국과 산딸기가 어우러져 극락을 이루었다.
산책도 할 겸 산딸기를 따서 작은 새우젓 통에 담아와
2통은 잼으로 만들고, 가장 맛있는 1통은 남겨두었다.
이런 즐거움이 장마가 물러난 후에는
또 어떤 모습의 즐거움으로 바뀔 수 있는지 모르겠다.
노자의 도덕경 이야기처럼
벼가 싹이 나고 잎이 나고, 이삭이 패고 열매가 영글고
다시 누렇게 시들고, 계절은 봄이 오고 여름이 오고
가을이 오고 겨울이 오고 그러다가 다시 봄이 오고…
우주 만물이 이 은은한 작용으로 보이는 듯 보이지 않게 움직인다.

벼 이삭이 빨리 자라게 목을 비틀 수도 없고,
가는 봄 오는 겨울을 붙잡을 수도 막을 수도 없다.
그러니 의연하고 담담하면 소소한 행복감이 생긴다.
소박하고 단순하고 그리고 꾸밈이 없는 삶을
그저 묵묵히 살아가면서 저절로 얻어지는 것이다.
그것이 가장 자연스러운 삶의 지혜이겠지만
세상 사람들은 모두 큰 것이라 믿는 것을 얻은 후에야 즐거워 하고
온 세상을 얻은 듯 기뻐하고 여유있어 보이는데
나 홀로 멍청하여 빈털터리처럼 보이는 것 같고,
바보의 마음처럼 흐리멍텅하기만 한 것 같다.
세상 사람 모두 총명한데 나 홀로 아리송하고
세상 사람 모두 똑똑한데 나 홀로 맹맹한 듯하다.
세상 사람 모두 뚜렷한 목적이 있어 보이는데
나 홀로 고집스럽고 촌스럽게 보이기도 한다.
아직 웃을 줄도 모르는 갓난아이처럼…
틀에 박힌 규범 혹은 주장에서 자유스러워지면
어색하고 모자란 듯하면 나사가 풀린 사람처럼 보이겠지만,
탁한 세상에 살되 탁하지 않게 살아가는 사람이다.

하늘이 무슨 말을 하던가?
사철이 순리대로 바뀌고 만물이 생겨나지만
하늘이 무슨 말을 하던가?
이치를 알면 벙어리가 된다.
하여튼 살아볼만한 세상살이이다.

깊은 인연의 고리들이 하나 둘 끊어지고
관계 사이의 장벽이 만들어지면
홀로 존재할 가치를 느끼지 못한다.

# 97세의 장모님과
# 외로움

the aged mother in law & loneliness

오랜만에 양로원을 방문하여 장모님을 모시고
부산에 사시는 처형 댁으로 모시고 갔다.
그곳에서 하룻밤을 두 따님과 함께 보내시고
월전이라는 곳에서 회로 점심을 대신하였다.
하룻밤 사이에 하시는 말씀들은
같은 이야기를 세 번 혹은 네 번 반복하시지만
세 번 네 번의 맞장구는 새롭게 듣는 것처럼 해야 한다.
나 또한 같은 이야기를 계속 반복하는 습관을 나도 모르게 하듯
혼자 많은 시간을 보내야 하는 장모님은
얼마나 하고 싶으신 이야기가 많았을까!
같은 이야기가 반복되는 속에서도

들어주고 맞장구치는 것이야말로
나이드신 분들에게 금은보화보다 낫다.
장모님의 반복되는 이야기를 처음 듣는 것처럼 하듯
어느 날 우리 아이들이 그렇게 해 주었으면 좋겠다.
소주 몇 잔과 회로 점심을 마치고 양로원으로 다시 모신 후,
장모님 모습은 어제와 다르게 활기찬 모습이었다.
극은 또 다른 극을 통해서 극복이 되나보다.
아름다움은 추함이 있음으로 존재하고,
극락은 지옥이 있음으로, 길고 짧음도,
높고 낮음도, 서로의 관계에서 비롯된다.
그렇게 어느 때는 외로움이란 것은 삶의 의미를 찾기 위해서는
꼭 필요한 것이지만, 어느 때는 견디기 힘든 슬픔 속으로 빠져들어
여러 가지 악마의 모습을 갖기도 한다.
어느 친구의 말처럼, 죽은 후 다시 태어난다면
천국도 지옥도 아닌 다시 이곳 사바세계 즉
상대적인 것들이 한없이 존재하는
이 세상으로 돌아오고 싶다는 말처럼,
모든 것들은 상대적인 관념에서 생긴 것이므로
상황에 따라 짧을 수도 길 수도 있고
높은 것은 어느 때는 낮은 것이 되기도 한다.
그러니 짧다고, 밉다고 혹은 옳다고 하는
분별의 일상에서 벗어나 홀가분해야 한다.
수초처럼 흐르는 물에 거스름이 없어야
타인을 배려할 수 있고 내 마음이 천국이 된다.

천국은 죽어서 가는 곳이 아닙니다.
지금 바로 우리의 곁을 살펴보세요.
당신의 손길을 기다리고 있습니다.
완벽해지기를 기다리지 마세요.
어쩌면 지금의 조건으로 충분합니다.

# 돌아가야 하는
# 길목에서
on the road to death


일년 중 가장 번잡했던 '부처님 오신날'이 지나갔다.
일년에 한두 번 뵙던 몇몇 신도분들이 보이질 않는다.
절에 오는 것도 건강과 보시금의 여유가 있어야 된단다.
어쩌면 요즘의 종교가 약한 자들을 위하여
마음의 평안을 주는 역할에서 멀어진 지 오래인 듯하다.
그렇게 신도분 몇 분도 기억에서 멀어져 가고
지나간 세월에 같이 세상을 살아가던 분들의 부음도 전해온다.
태어나기 전의 고향으로 돌아가셨다는 소식들이다.
밝음과 어두움을 바꾸었다는 전갈이다.
우리들은 하루하루를 죽어가고 있는 것인지,
하루하루를 살아가고 있는 것의 구분은 각자의 몫이겠지만…

붓다의 말씀처럼

> "옹기쟁이가 만든 질그릇이 마침내 모두 깨지고 말듯이, 생명
> 있는 것의 목숨이란 정해져 있질 않아 얼마를 살런지 알 수 없
> 다. 태어난 이상 죽음을 피할 길이 없으며 늙어가는 것 또한
> 그러하다. 생명있는 것의 운명이란 모두 이런 것이다"

하지만 죽음은 우리에게 큰 스승일 수 있다.
매 순간을 충실히 살아가는 것을 가르치는 큰 스승이다.
매 순간마다 일어나는 일들이 새로운 의미로 다가오고
순간들이 이어지는 삶, 그 자체의 소중함을 알려준다.
죽음은 '모든 것이 덧없다'는 허무감을 줄 수도 있지만,
모든 것이 그저 시공간을 잠시 스쳐 지나간다는 깨달음은
어느 한편으로는 깊은 평안을 가져다주기도 한다.
어리석은 사람은 평생 사는 줄 알고,
보통사람은 죽음이 먼 곳에 있는 줄 알고,
현명한 사람은 삶이란 결국 죽음에 속한 것임을 안다.
죽음은 때가 차면 당신에게서 삶을 돌려받으러 오는 자이다.
죽음은 주인이고, 당신은 세입자일 뿐이다.
주인과 더불어 친하게 지내는 것 또한 괜찮다.

대지는 나에세 몸을 싣게 해주고
삶을 주어 힘쓰게 하고
늙음을 주어 편안하게 하고
죽음을 주어 쉬게 합니다
내 삶을 좋다 했으니 내 죽음도 좋습니다.

- 어느 글에서 -

영리한 사람은 관념을 만들고 벽을 세운다.
그리고 고집을 부리고 목소리가 올라간다.
지나치게 영리하면 중요한 것을 놓친다.


# 숲의 오솔길과
# 무심無心
a path & the mindless-mind


계절에 맞추어 숲속은 또 다른 모습으로 나를 맞이한다.
5월 햇빛보다 더 싱그런 향기품은 바람과
반갑다고 재잘거리는 새들의 노래소리,
햇빛에 비춰지는 옅은 초록의 향연들,
이름 모르는 풀들, 나무들, 그리고 곤충들,
그들의 생명력과 신비감은 황홀함의 극치이다.
어제는 오솔길가의 나물들을 배낭에 담고 돌아와
뜨거운 물에 살짝 데쳐 된장에 버무려 보았다.
짠 맛에 아침 절 뒤편의 나물을 더해
양념없이 버무리니 조금 괜찮다.
내일은 고사리를 곁들어 맛있게 비벼볼 참이다.

자연은 마음을 심란하게 하지 않으니 좋고,
몰록 쉬어서 고요함을 선사해주니 더없이 좋다.
또한 고요한 마음조차도 머물지 않는 텅빈 마음이면 더욱 더 좋다.
나무가 있으면 그림자가 있고, 소리가 있으면 메아리가 있다.
원인이 있으면 결과가 있고, 원인이 없으면 결과가 없는 것 같지만,
원인은 결과가 생기게 하는 계기가 될 뿐이다.
어떠한 결과이던 허깨비와 같은 것이다.
원인 또한 어느 결과로부터 생긴 허상이다.
결국 원인으로부터 결과로 옮겨가는 것도 아니다.
그러니 이 세상에는 오고가는 것이 하나도 없다.
원인이 같은 결과가 되는 것도 없다
즉 태어나되 태어남이 없고, 머물되 머무름이 없고,
사라지되 사라짐이 없는 공空의 이치이다.

━━━━

우리는 관념으로 만든 공간을 강한 콘트리트로 벽을 쌓고
그 안에 안주하고 편안함을 갖는다.
그리고 아름다운 추억과 희망찬 미래로
그 벽을 아름답게 장식을 하고는 스스로 아름답다고 위로한다.
하지만 부수어지지 않는 관념의 감옥일 뿐이다.
그리고 벌어지고 나타나는 모든 것을 책장의 개념 속에 부속시키던지
아니면 또 다른 장르를 만들 뿐이다.

- 어느 글에서 -

━━━━

끊임없이 일어나는 생각의 홍수 속에서
우리는 내면 속의 의식을,
또 하나의 나를 미처 알아차리지 못한다.

# 내가 없으면,
# 문제도 없다

no self, no problem

햇빛을 가득 받으면서 자랐던 4월 초의 고사리들이
이젠 햇빛을 겨우 받을 수 있는 그늘 속,
손이 닿지 않는 깊은 가시나무,
바위 틈새 혹은 어깨 높이 조릿대 속의 5월 고사리로 막을 내렸다.
한달 가까이 설렘과 즐거움을 안겨준 그들과
어제 가랑비 속에서 마지막 인사를 나누었다.
두 팔과 다리에는 가시의 긁힌 자국들이 선명하지만,
또 다른 세월의 내년에도 그들과 함께 할 수 있으면 좋겠다.
하지만 내일도 알기 어려운데 내년을 어찌 알겠는가?
고사리들도 우리도 잠시 왔다가 떠나는 방랑객일 뿐이다.
그러니 머무는 것에 집착할 필요가 없다.

또한 우리의 의식을 잠시 스쳐 지나가는 생각과
감정들도 같은 것들이다.
그저 바라볼 뿐이고, 그저 계속 놓아 보낼 뿐이고,
그저 알아차릴 뿐이다.
우리의 본래 마음은 그렇게 스쳐 지나가는 것들과
전혀 아무런 관계가 없기 때문이다.
그것들은 슬쩍 지나가는 마음의 일시적인 경험이다.
마음이 하는 쓸모없는 일중의 하나이다.
그것을 웃어넘기면, 그것을 즐기면, 그것을 두려워하지 않으면,
그 놈은 우리가 건드리지 않는 한
우리를 건드리거나 괴롭히지 않는다.
그런 쓸모없는 마음의 작용들이 지나가면
환희와 아름다움과 사랑과 평화가 있다.
나비처럼 훨훨나는 자유가 있다.
내가 없으면, 문제도 없다.


━━━

마음은 간섭하지 않아도 되는 일에 간섭을 하고
마음은 애쓰지 않아도 될 일에 애를 쓰고
마음은 고통받지 않을 일에 스스로 고통스러워 한다.
마음은 괜시리 다른 사람들의 생각까지도 염려하며
걱정을 하고 미워한다.
마음은 수다쟁이이며 마음은 철부지이며 쉽게 토라지고
쉽게 미워하고 쉽게 싫어하고 쉽게 흥분하는 습성을 갖고 있다.

- 어느 책에서 -

모든 일들이 시절과 인연을 따르면서
다만 그럴 만해서 그럴 뿐이다.
그 결과가 좋건 나쁘건 분별을 하는 것은 못된 마음의 소치이다.
다만 그럴 뿐이다.


# 연등을 다는
# 보살님의 마음이 부처다
the heart of old lady w/lantern is Buddha


며칠 앞으로 다가온 부처님 오신 날 행사로 모든 절이 바쁘다.
가까이에 있는 절들도 이곳 저곳에 많은 연등을 달아 놓았다.
우리 절 바깥에도 연등을 달았지만
일년동안 달아 놓을 등은 법당 안에 모셔진다.
식구들이 많은 보살님은 연등 동참 금액이 만만치가 않으니
식구들의 순서를 정할 수 밖엔 없다.
첫째는 아들들, 둘째는 손자들, 셋째는 살아있는 남편,
넷째는 며느리, 다섯째가 딸들 그리고 마지막으로 본인
가능한 금액에 맞춰 중간 탈락자가 생기는 것이다.
그런 보살님들의 이쁜 마음이 나의 입꼬리를 올려준다.
식구들에게 그저 무엇이라도 해 주고 싶은 마음 뿐이다.

응무소주 이생기심 應無所住 而生其心
응당히 머무는 바 없이 그 마음을 내라

보살님들의 마음이 금강경 사구계에 그대로 표현되었다.
우리의 본성은 원래부터 항상 맑고 조촐하여
맑고 밝은 거울과 같아서 물건이 오면 비추고
물건이 가면 비추기 이전 상태로 돌아가고
그 거울에는 어느 것이든 머무르는 것이 없다.
그러므로 오고來 간去 것은 형상뿐이오,
거울 자체에는 오고 감에 흔적이나 집착이 없는 것이다.
본래 맑고 깨끗한 우리 인간의 마음도 옳고 그르고,
밉고 곱고, 좋고 싫은 것의 분별이 맑은 거울처럼 비추되
머물고 집착하지 않아 혼란스럽거나 망상을 일으키지 않는다.
우리의 맑고 깊은 의식에 거울처럼 비치고
지나감에 자취가 없는 것과 같다.
그러므로 응무소주應無所住의 마음은
거울처럼 항상 맑고 조촐한 본래의 마음이다.

어떤 것을 바라볼 때 다만 바라보고, 어떤 것을 들을 때는 다만 들으라!
어떤 것을 감각할 때는 다만 감각하고, 인식할 때는 다만 인식하라!
그것들에 분별하는 '나의 마음'을 개입시키지 말라.
그러면 마음의 평화가 시작된다.

- 붓다 -

"신체의 아름다움은 눈을 즐겁게 할 뿐이지만,
성격의 아름다움은 영혼을 매혹시킨다"

- 볼테르

# 천백억 개의
# 보배구슬
the Lord indra's net

온 세상이 기후의 재앙과 전쟁의 죽음 소식으로 가득하다.
근세의 역사는 이데올로기 이념들의 차이 혹은 유일신 사상의
종교들 간의 갈등으로부터 발생되는 전쟁의 역사이다.
또한 같은 뿌리의 종교라고 하더라도
벌어진 가지들의 차이는 엄청난 재앙을 가져왔다.
종교라는 이름하에 민중들은 파리처럼 죽어나가야 했고,
또한 지독한 굶주림과 질병들로 굴곡진 삶을 살아가고 있다.
종교의 기득권들은 민중을 하나의 도구로써 전락시켜
비틀어진 우월과 독식의 욕망으로 스스로를 가득 채운다.
하지만 욕망이라는 특징은 실로 그 빛깔이 곱고 감미로우며
항상 여러 모습으로 일종의 순간적인 쾌감을 주기도 하지만,
우리의 마음을 어지럽히는 마약같은 속성을 가지고 있다.

금이 간 그릇에 물을 담으면 물이 새듯이,
마음에 금이 간 사람은 상대의 말을 담아내지 못하고 흘려 버리고,
썩은 물이 가득 담긴 그릇에는 더 이상 새로운 물을
부울 수가 없듯이, 자신의 생각만을 고집하는 사람은
또 다른 생각들을 받아 줄 여유가 없다.
그릇을 비우듯이, 마음을 비우면
나와 당신이 하나인 것을 알 수 있을텐데…
그렇게 우리는 혼자 스스로 살아가는 것처럼 느끼지만,
인드라망의 보배구슬처럼 서로 연결되어 있으며,
모두 각각의 세계에서 노닐지만
그물코마다의 보배구슬인 하나의 화엄세계이다.
오직 하나인 것을 천백억 개의 마음이 빚어낸
일체유심조의 세계임이 실상인 것을 알려준다.
모든 종류의 물결들이 본래 하나인 바다에서 생기듯,
고요한 본래 마음이 시절인연을 만나
여러 가지의 개념을 만들어 내는 것과 같다.

————

우리가 세상을 보는 눈은 욕심에 의해 왜곡되어 있다.
이것이 종종 악의와 증오를 낳는다.
우리의 욕망이 다른 사람들의 욕망과 충돌하기 때문이다.
따라서 욕망과 그에 따르는 증오는
세상의 많은 비참함과 악의 공통 원인이다.
- '스스로 깨어난 자 붓다' 中 -

실재하지 않는 가치에 희생당하지 마라.
생각하지 않아야 생각대로 된다.
오래 집착할수록 결과는 더 나빠진다.


# 높은 것은 높은 대로,
# 낮은 것은 낮은 대로
if it's high, it is high. if it's low, it is low


낮이 되면서 햇살의 기운이 장난이 아니다.
확실한 봄기운의 정도가 넘어서는 날씨의 느낌이다.
오름의 중턱에도 연초록 물결로 넘실댄다
어느 곳엔 작년에 시든 잎과 새로운 잎이 공존한다.
늙은 할매와 이쁜 손녀가 다정스런 모습으로 다가선다.
숲은 매년 다른 듯 같은 모습으로 치장을 한다.
태어나고 사라지는 것이 세월의 인연에 따르지만,
숲은 온 세상을 소유한 듯 즐기다간 사라지기를 반복한다.
물고기는 물 속에서 살면서 물을 의식하지 못하듯,
사람은 사는 것의 의미조차 모른 채 살아가고,
그러면서 태어날 때부터 많은 것을 가지려 하였지만,

욕심만큼 모든 것을 갖지는 못하였고,
우리들은 늙어가면서 많은 것을 잃었지만,
모든 것을 잃은 것은 아니었던 것을 알면
소유하면서도 집착하지 않는 무소유의 삶을 이해한다.
산이 높은 것은 높은 대로, 낮으면 낮은 대로 다툼이 없고,
마음 속 '절대로 옳았던 것들'에 대하여 흐릿해지고 희미해지면,
끈적끈적하게 붙어있던 고집덩어리가 녹아내린다.
그러면 우리가 문제라고 생각하는 것들이
본래 문제가 아니었다는 사실을 알게 된다.
이 세상에 완성된 사랑이란 어느 곳에도 없고,
사랑을 완성시키려는 과정만 있을 뿐이고,
삶의 완성이란 허상에 발버둥치지 않고,
그저 살아가는 과정이 있을 뿐이다.
상상할 수 없는 커다란 진리가 있는 것이 아니고,
그냥 마음을 알아가는 과정만이 있을 뿐이듯…

―――――

나는 이미 율법의 손에 죽어서 율법의 지배에서 벗어나
하느님을 위하여 살게 되었습니다.
나는 그리스도와 함께 십자가에 달려 죽었습니다.
이제는 내가 사는 것이 아니라
그리스도가 내 안에서 사시는 것입니다.

- 갈라디아 2:19-20 -

―――――

마음이 고요할수록 현실은 행복해진다.
결국 불행은 오는 것이 아니라 내가 선택한 것이다.


# 내려놓으면 보이고,
# 비우면 채워진다

if you put it down, you can see it
if you empty it, it fills up


부활절이 지난 지 벌써 일주일이다.
이틀동안 내린 비와 바람에 벚꽃비가 내린다.
예수를 매단 십자가는 가로와 세로로 되어있다.
세로의 선은 영어로 나를 뜻함이요,
가로선은 제거 즉 죽음을 뜻함이다.
결국 십자가는 나와 내 것에 대한 집착에서의 해방
즉 아상我相의 죽음을 상징한다.
그러면 바로 하느님의 나라를 만난다.
'누구든지 제 목숨을 구원하고자 하면 잃을 것이요,
누구든지 나를 위하여 제 목숨을 잃으면 찾으리라'고
예수께서 말씀하셨듯이,

'나'와 '내 것'을 고집하면 고통으로 가득할 것이요,
'나'와 '내 것'을 내려 놓으면 바로 천국이다.
아상의 사라짐은 곧 예수와 더불어 사는 것이다.
또한 법정스님의 말씀처럼,
이 세상 밖 어딘가에 천국이 있다고 우리는 흔히 믿지만,
바로 이 현실세계에서 천국을 이룰 수 있지
현실을 떠나서는 어떤 것도 존재하지 않는다.
내려놓으면 보이고 비우면 채워진다.
천국은 비울수록 점점 내 곁으로 다가선다.

━━

순간순간에 살아있음을 느끼고 순간순간에 새롭게 피어나라.
영원한 것은 아무것도 없다.
지금을 어떻게 사는가가 다음의 나를 결정한다.
매 순간 우리는 다음 생의 나를 만들고 있다.

오늘 핀 꽃은 어제 핀 꽃이 아니다. 오늘의 나도 어제의 나가 아니다.
오늘의 나는 새로운 나이다.
묵은 시간에 갇혀 새로운 시간을 등지지 말라.

과거의 좁은 방에서 나와 내일이면 이 세상에 없을 것처럼 살자.
우리는 지금 살아 있다는 사실에 감사할 줄 알아야 한다.

이 삶을 당연하게 여기지 말라. 단 한 번의 기회, 단 한 번의 만남이다.
이 고마움을 세상과 나누기 위해 우리는 지금 이렇게 살아가고 있다.
- 법정스님 / 일기일회(一期一會)에서 -

━━

아는 사람은 입이 무겁고, 어리석은 이는 입이 가볍듯이
바닥이 얕은 개울물은 소리를 내며 흐르고,
깊고 넓은 바닷물은 흐르는 소리가 들리질 않는다.

# 진정한 바보

fool with great wisdom

어제 하루종일 비가 내린 덕택인지
구릉 언덕에선 고사리가 제법 살이 올랐다.
벚꽃이 없는 벚꽃 축제라고 하더니만
석부작에는 작은 철쭉이 벌써 피었고, 절 마당의 목련은 지고 있고,
벚꽃 나무들은 이제사 봉우리들이 올라온다.
육지에서 며칠 보내면서 출렁이던 마음을
봄 기운의 자연들이 토닥여준다.
아직 가득찬 연못의 지혜로움에 다다르지 못해
반쯤 채워진 그릇처럼 자주 출렁거린다.
수행을 하고, 도를 닦고, 참 신앙을 갖는다는 것은
슬기로운 바보에 조금씩 다가서는 것이고,

그러면 무이선사가 이야기를 하듯이,
눈은 마치 소경 같아지고, 귀는 마치 귀머거리 같아지고,
생각이 일어나 마음이 요동치는
'영리한 마음'이 독약인 줄을 안다.
흐르는 물이 바위에 부딪혀서 내는 소리와 거품은
분노 혹은 화냄의 표현과 같이 거칠다.
곧 바깥으로부터의 느낌과 마음이 부딪혀서 내는
불협화음의 강도가 강하다.
마음이 물 속의 수초와 같아 흐르는 물에 거역하지 않고
바위의 높이가 바닥과 같아지면 무심히 흐르는 물이 된다.
그렇게 마음을 낮추면 항상 여유롭다.
살아있는 동안 그런 진정한 바보가 되고 싶은 마음으로 산다.


좌망 坐忘
손과 발, 그리고 몸을 잊었습니다.
귀와 눈의 작용을 쉬게 했습니다.
몸을 떠나고 앎을 버렸습니다.

몸으로써 일을 하되 한다는 생각을 잊고 보고, 듣는 것에 덤덤해지고
'내가 안다'는 것으로부터 벗어나면
되어가는 것에 순종할 뿐이다.

- 장자 -

환희이든 슬픔이든, 마음의 요동이며 고뇌의 일종이다.
고요해지면 마음조차 소용없다. 커다란 바보가 되는 것이다.
바보가 되는 것! 대우大愚 크게 어리석고
혹은 대졸大拙 크게 못났음에 항상함이란 쉽지 않은 일이다.
바보의 세계는 사념. 망상이 없는 세계이다.


# 극락세계는 서쪽에 있고,
# 천국은 동쪽에 있는가?
paradise should be here & now


오늘은 봄의 기운을 완연히 느낄 수 있었다.
따뜻한 날씨가 얇은 잠바조차도 벗겨 버렸고…
하지만 법당 안은 아직 썰렁한 기운이 남아있는지
백일기도 접수하러 오신 보살님도 춥게 느끼셨단다.
보살님 덕택에 따뜻한 보이차와 함께
힘든 세상 이야기도 함께 나누었다.
우리 모두 두텁게 굳어있는 껍질에 구멍를 내어
속을 비우는 일에 시작을 하는 것이
얼마나 힘이 든다는 것을 알고는 있지만,
백일기도를 받아주는 조건으로 하나의 약속을 받아보았다.
백일동안 생각없는 바보로 살아보는 것이다.

물질, 사상 혹은 관계 등은 삶을 위한 상대적인 것들이다.
상대적인 것들에 잠시 바보가 되어보라는 것이다.
즉 상대적인 것들의 노예가 되지 말라는 것이다.
자신에게 가장 소중한 것일지라도 노예가 되지 말라는 것이다.
노예의 성품을 닮아가지 말라는 것이다.
그러면 언젠가는 노예가 아닌 주인이 되는 것을 알게 된다.
예수께서도 '지혜로운 어부는 잡은 물고기 중
좋고 큰 고기 한 마리를 찾아낸 후
다른 작은 것들을 모두 바다에 다시 던지라 하시듯'
큰 물고기란 깨달음을, 작은 것의 버림은 마음을 비우는 것과 같다.
그러면 노예의 습성으로부터 벗어나는 자유로움을 맛볼 수 있으며,
고통과 혼돈으로부터 벗어나는 자유로움을 맛볼 수 있으며,
순수한 평온 속에서 일과를 보내는 여유로움을 안다.
언젠가는 가질 만한 것은 아무 것도 없고,
이루고자 할 만큼 가치 있는 일은 어디에도 없다는 것을 안다.
잃어버릴 것이 없으니 집착할 만한 것 또한 없다는 것을 안다.
그러면 갖고자 하는 욕심과 되고자 하는
욕심의 노예로부터 벗어날 수 있다.
극락세계가 바로 지금이요, 천국이 바로 이곳이로다.

옳거니 그르거니 상관말고 산이든 물이든 그대로 두라
하필이면 서쪽에만 극락세계랴 흰 구름 걷히면 청산인 것을.
- 어느 글에서 -

사람들은 사는 것에 어려운 단어로 의미를 만들어낸다.
나와 또 하나의 나 조차도 알고나면 한 재미가 지나갔거늘
그러면 좋고 싫고, 기쁘고 슬픈 것도
잠시 마음이 만들어내는 것일 뿐이다.


# 달래 캐기와
# 알아차림
wild chive & mindfulness


몇 달 만에 찾아온 아내와 달래를 캐러 나갔다
절 근처 가꾸지 않는 들판에 달래들이 제법 모여 산다.
달래는 햇볕 속에서 죽은 풀더미 속을 잘 뒤져봐야 제법 보인다.
아직 철이 이른지 뿌리가 연한 아기 달래들이 많다.
죽은 풀더미를 호미로 제껴 달래를 찾는 모습이
삶의 의미를 찾아내려는 땡중의 모습을 닮았다.
외부의 자극으로 일어나는 감각, 감정 혹은 생각을
조심스레 나에게 돌려 스스로를 관찰해 보는 것처럼,
겹겹의 죽은 풀더미를 아주 조심스레 걷어보는 것이다.
바깥의 환경에 순간순간 일어나는 인식에 노예가 되어버린
순수한 자기를 끄집어 내어 알아차리는 것이다.

바깥의 현상으로 일어나는 마음의 감정에 휘말리지 않고,
평온하게 바라보는 순수한 자기를 가져보는 것이다.
그러면 달래의 본래 모습이 보인다.
호미로 조심스레 흙 깊숙하게 집어넣어
연약한 뿌리가 다치지 않게 끄집어 올린다.
진한 달래 냄새가 사방으로 흩어진다.
아我라고 하는 에고로부터의 탈출이다.
그렇게 캐낸 달래들로 비빔장, 그리고 김치도 맛본다.
이제는 순수 자기도, 바깥의 현상도, 파도치는 마음도,
슬며시 다가와 머물다간 사라지는 것들이다.
달래는 그렇게 햇볕과 풀더미 속의 습한 기운 속에서 자라나
봄이면 또 나를 기다리며 숨어 있는 듯하다.
달래 또한 다른 위대한 무엇이 되려 애쓰지도 않고,
자기한테 맞는 일을 하고 있을 뿐이다.
나를 바라보고 알아차리는 것에 익숙해지면
어쩔 수 없는 것을 알고, 할 수 있는 일을 안다.
그렇게 될 만 해서 그렇게 되는 것이니,
그렇게 된 것에 싫고 좋고, 즐겁고 괴로운 것이 없다.
잠시 달래가 되고, 잠시 땡중이 되는 것이다.

◼◼◼◼◼◼◼◼◼

나라고 하는 객체의 존재 혹은 정체성이 존재하지 않는 마음의 상태
이렇다 저렇다 옳다 그르다하는 판단 주체인 '나'를 잃어 버려야 한다.
- 장자 제물론에서 -

너희는 내가 아버지 안에 있다는 것과
너희가 내 안에 있고, 내가 너희 안에 있다는 것을
깨닫게 될 것이다.


# 꽃샘추위

last cold snap


겨울이 봄꽃을 시샘하니,
오늘 아침엔 절 마당에 하얀 눈이 쌓여 있다.
오름 언덕에 가득한 복수초와 그늘의 수선화도
몸을 움츠렸다 겨울 순백의 즐거움이 지루할까 싶어
또 다른 초록의 잔치들이 몰려온다.
사는 것 또한 이렇게 살아가는 것이다.
늦겨울에 양지바른 곳에서 올라오는
복수초의 이쁜 모습이 또 다른 꽃으로 옮겨지고,
아름다웠던 꽃도 때가 되면
또 다른 것을 위해 봉오리를 닫는다.
사랑만을 느끼고 싶다고 해서

이별하는 슬픔을 피할 수 있는 것이 아니고,
또한 가득한 사랑만이 사는 느낌을 풍성하게 하지 않듯이,
늘 흐름 속에서 채워졌다가 비워지는
반복 속에서 우리는 오히려 넉넉함을 느낀다,
살아가는 것은 그렇게 커다란 흐름 속에 있다는
자그마하고 소중한 진리를 느끼는 것이다,
행복하고 불행하고, 기쁘고 슬프고, 미워하고 좋아하고…
흐르는 세월 속에서 만나는 많은 느낌은
단지 사람이 언어로써 구분지었을 뿐이다.
본래 마음과 어울려서 흘러가는 가지들이다.
그러니 일부러 얼음이 되어 굳어져 뭉쳐버리는
어리석은 망심을 낼 필요가 없다.
어느 날 바다에서 만나는 날엔 모두가 하나가 될 뿐이다.
삼라만상이 변해감이 우주의 이치인 것처럼
그렇게 마음을 청정하게 하는 것이 바로 아미타불의 서방정토이며,
각각의 부처님이 계시는 시방정토의 세계이다.



至道無難 唯嫌揀擇 지도무난 유염간택

지극한 도道는 어렵지 않지만 오직 취하고 버리는 것이 탈이다.
다만 싫어하고 좋아하는 마음만 없으면 환하게 트이고 밝아지리라.

- 신심명 중에서 -

# 3
happiness

2023~2024년
겨울

내가 보고 있는 세상은 내 마음이 그리고 있는 세상이다 · 불현듯 찾아오는 짙은 안개처럼 · 잃어버린 나와 잃어버린 너 · 운무와 눈보라의 윗세오름을 오르면서 · 공명조와 아름다운 마무리 · 바람의 모습 · 오늘, 이번 달, 금년 그리고 금생今生 · 무엇이 되려고 애쓰지 마세요. 그러면 저절로 무언가가 됩니다 · 담담히 그냥 그대로 흐르게 하세요, 그렇게 사는거지요 뭐! · 유희삼매遊戲三昧 · 짙은 안개와 그림자假有 · 동백꽃에서의 외로움 · 반려견 단비와 재롱이 · 사라져 가는 것들의 아름다움 · 겨울채비 · 아름다운 지구와 손녀들 · 부모를 만나면 부모를 죽여라 · 원래 자리로 돌아가는 아름다움 · 세상은 수많은 매듭의 모임이다 · 황금률과 행복의 조 · 본래 고향으로 돌아가는 길목에서 · 인드라망의 구슬과 양자역학 · 진리는 언제나 내 곁에 있다

사람들은 자기가 진실이라고
생각하는 것만을 사랑한다.

# 내가 보고 있는 세상은
# 내 마음이 그리고 있는 세상이다

the world I,m looking at is
the world my mind is drawing

일주일 넘게 우중충하게 비가 내리고 있다.

대보름에도 둥근 달이 없는 우중충한 날씨이다.

백중기도를 마치고, 안택安宅기도를 다녀왔다.

집안의 신들에게 가정의 평온과 풍요를 기원하는 기도이다.

보살님 집안에 좋은 기운이 가득하길 바라면서

가정의 평화와 안락이 함께하는 금년이 되었으면 싶다.

실재하지 않는 허상에 쓸모없는 망상을 하는 것 같지만,

개념을 포함한 삼라만상의 모든 것들은

수많은 인연들이 쌓이고 겹치면서 만들어지는 것이다.

사람들이 백지에 이쁜 그림을 그리는 선한 마음은

선한 세상을 보는 것이고,

낙서하듯 그리는 그림은 추한 세상을 보는 것이다.
내가 보고 싶은 세상을 보고 있는 것이다.
보고 있는 모습은 비워 있는 모습은 아니지만
또 다른 마음으로 바라보는 순간 또 다른 형상이다.
즉 공空이 아니지만 공空인 이치이다.
연못에 사는 우렁이는 알을 낳아 새끼들이 부화하면
어미는 자신의 몸을 파먹고 자라도록 배려한다.
그렇게 인연은 겹치고 또 겹쳐 잠시의 모습으로 나타낸다.
동학에서 시천주侍天主라는 용어처럼,
'모든 사람이 자신 안에 신령한 하늘님을 모시고 있고
천지만물이 시천주 아님이 없어 우주 전체가 유기적으로

연결되어 있다'고 하듯이,
실제로는 만물이 서로 연결되어 있으며 서로 엮여 있다.
우리가 전체에서 분리된 실체라는 망상으로부터 벗어나
인드라망처럼 정교하고 무한한 그물망 속에서
서로 얽혀 있는 가닥들이라는 것을 깨달아야 한다.
그것을 우리는 하나 즉 oneness라고 한다.



구름, 바람 그리고 별 그리고
항상 움직이는 바다 그리고 숲속의 생명들
이들과 함께 태어남을 넌 알고 있다.
이것이 너의 본성이다.
두려움없이 가슴을 펴라!
무덤에서 잠들지 않으려거든
살아 있는 공기를 마셔라!
이 세상을
너와 꽃과 호랑이와 공유하고 있다.

- 케스린 레인 -

반이 차 있는 병과 반이 비워 있는 병
행복은 사물을 바라보는 방식에 달려 있다.

# 불현듯 찾아오는
# 짙은 안개처럼
strong fog suddenly comes

며칠동안 머물던 지인들이 이른 아침에 떠나는데,
불현듯 찾아온 짙은 안개가 그들을 배웅한다.
오늘은 20명 정도의 또 다른 분들이 머무실 예정이다.
가끔 짙은 안개와 비바람이 불현듯 찾아오듯이
멀리 있는 분들이 갑작스레 찾아와 머무시곤 한다.
우리 마음 속 깊은 곳에 저장된 기억의 찌꺼기일지라도
초대받지 않은 손님처럼, 수시로 우리의 삶에 끼어드는
즐거움, 기쁨, 설레임 같은 긍정적인 감정들 그리고
분노, 슬픔, 우울, 미움 등의 부정적인 감정들과 닮았다.
그렇게 찾아오는 불쾌한 마음도 내 삶의 일부이고,
긍적적인 마음도 나에게 찾아오는 손님 중의 하나이다.

좋아하는 마음 때문에 매달리고 싶다거나,
불쾌한 마음 때문에 싫어서 피하고 싶은 의식은
잠시 머물다간 떠나고 그리고 또 다시 찾아온다.
덤덤하게 맞이하고 또 배웅하여 지켜보기만 하면
그들은 또 다른 곳을 찾아 떠날 것이다.
이리저리 떠다니는 마음에 닻을 내려
조금씩이나마 객관적인 나를 알아가는 것이다.
마음에서 일어나는 모든 현상들은
인연이라는 조건으로 잠시 만들어진 허상일 뿐,
잠시 머물다가 스스로 사라지는 것을 아는 것이다.
그런 지혜가 없으면 매번 같은 돌부리에 넘어지는
어리석은 고통스러움이 돌고 돈다.
어느 봄날에 내 방에 나비 한 마리가 들어오길래
그 모습이 안쓰러워 들어왔던 문을 열어 주었지만,
자꾸 저쪽 닫힌 창문에 부딪히는 모습을 닮았다.
날개를 살포시 잡아 바깥으로 날려 보내줄 수밖엔…

━━

춤추라! 아무도 바라보고 있지 않은 것처럼,
사랑하라! 한번도 상처받지 않은 것처럼,
노래하라! 아무도 듣고 있지 않은 것처럼,
살아가라! 오늘이 마지막 날인 것처럼.

- 어느 글에서 -

━━

망상의 뿌리를 보는 것이
내려놓음의 시작이다.


# 잃어버린 나와
# 잃어버린 너

the lost me & the lost you


봄이 시작한다는 입춘이 지났지만,
어제 오늘은 날씨가 무척 쌀쌀하다.
3일간의 입춘기도와 집들이 재를 지내고 나니,
이번 달에는 아직 구정 합동차례, 정월대보름, 막재가 남아 있어
해야 할 일이 남아 있지만,
오늘 오후에는 오랜만에 한가한 시간이 되어
작은 배낭에 물과 귤 그리고 초코파이 하나를 넣고
산길 오솔길이나 잠시 걸어보려 나섰다.
하지만 오르던 길에 못보던 길이 나와 차를 세우고
또 어린아이의 호기심처럼 무작정 이길 저길 걷다가
결국 또 길을 잃고 말았다.

어둠이 오기전에 길을 찾았으나 주차해 놓은 곳까지는
한참을 걸어가야만 하였다.
이렇게 산길에서도 길을 잃어 헤매듯이, 우리는 사는 동안에도
어느 땐 나와 너를 잃어버리고,
어느 땐 나와 너에 대한 집착으로 가득찬다.
집착은 Ego와 어우러져 착하고, 악하고, 곱고,
미운 마음들을 만들어낸다.
나를 잃어버리면 생기는 슬픔과 의미 상실의 우울증,
너를 잃어버려 나에 대한 지나친 집착의 외로움증은
잘못된 의식의 집착과 좌절로 생기는 마음의 결과이다.
에고의 뿌리들로 인해 생기는 거짓된 마음인 것이다.
토끼의 뿔, 거북이의 털, 동그란 네모 등의
개념적 허상들이 진실인 것처럼 받아들이기 때문이다.
왜곡된 이미지들이 만들어지는 더 깊은 곳에서의
뿌리가 우리의 에고라는 사실을 알아차리면,
어둠은 밝음이 오면 저절로 사라지는 것을 아는 것이고,
동쪽으로 계속 걸으면 서쪽이 나오는 것을 안다.
즉 절대성이란 상대성으로부터 생긴 거짓된 개념적 실체인 것이다.

━━━

나는 마루를 천장으로,
불을 물로 바꿀 수 있는 사람에게 한번도 감동한 적이 없다.
진정한 기적이란 바로 부정적 감정에서 해방되는 것이다.

- 티벳 신비주의자 테르퇸 소걀 -

숨죽여 지켜보면
허둥대는 나를 본다.

# 운무와 눈보라의
# 윗세오름을 오르면서

Mt. halla in the wind & mist

며칠동안 내린 눈으로 막혀있던 1100도로가 정리되면서
한라산 입산이 어제부터 풀렸다.
주지스님께 양해를 구하고,
올해의 마지막 눈 산행 계획을 잡아 보았다.
어리목으로 올라가서 영실로 내려오는 코스를 잡고,
컴컴한 아침 일찍부터 서둘러 오르기 시작하였지만,
쌓여있는 눈으로 걱정이 되었던 많은 계단들이
두껍게 쌓인 눈으로 인해 비탈길처럼 오히려 편안하였다.
하지만 만세동산부터 시작된 눈보라와 운무로 인해
바로 눈 앞의 풍경과 길만 보일 뿐,
주위 환경은 모두 짙은 운무로 가려져 있다.

윗세오름으로 오르는 가까운 길목만 보일 뿐이다.

환경이 다를 뿐, 명상할 때 마음과 많이 닮았다.

명상은 현재 상황의 나를 자각하고, 나를 바라보고 있는

또 다른 나를 느낀 후 그 '객관의 나'를 키우고 성장시키는 것이다.

일상적인 의식 속에서 사라진 듯한 괴로움들은

잊고자하는 마음으로 인하여 잠시 잊혀진 듯할 뿐이다.

나를 관찰하고 있는 '객관의 나'가 없이 얻어지는

쾌감과 고통은 잠시 후 또 살아나 반복되는 것이다.

'또 다른 나'와 마주하는 시간을 갖고

'객관의 나'를 키우는 시간이 지속되면, 아주 오랜 옛날부터

마음이 만들어낸 망념妄念의 뿌리를 볼 수 있다.

너와 나를 가르고, 옳고 그르고를 가르는 분별하는 마음이

실재하지 않고 머물다 사라지는 것을 보게 된다.

그런 시간들이 계속되면 언젠가는

나라고 하는 개념 자체도 옅어진다.

그러면 너와 내가 어디 따로 있으며 밉고 고운 마음이 어디 있겠는가!

———

창문 밑에 있는 장미는 전에 피었던 장미나
더 아름다운 장미에 대하여 아무 말도 하지 않는다.
그들은 그들 자신을 보여줄 뿐이다.

- 어느 글에서 -

———

도를 배운다는 것은 곧 자기를 배우는 것이다.
자기를 배운다는 것은 자기를 잊어버리는 것이다.
자기를 잊어버릴 때 모든 것은 비로소 자기가 된다.


# 공명조와
# 아름다운 마무리
the bird with 2 heads & well dying


가족들 캠핑에 참석을 하느라 잠시 육지에 갔다가
제주도에 눈이 많이 내려 비행기가 결항하는 덕에
3일동안 밀양에 머무르게 되었다.
캠핑에서는 나와 아내 그리고 칠십을 넘어선 형님부부,
60 중반의 동생부부, 칠십에 가까운 여동생과 함께
2박3일간의 시간이 아까운 듯, 이야기가 끊임이 없었다.
세속의 애증으로부터 벗어나는 자유의 날개짓 같다.
히말라야에 살고 있는 몸 하나에 머리가 두 개인
공명조라는 전설의 새는 인연과의 삶을 이야기한다.
두 머리의 시기하는 마음과 미워하는 마음은
결국 같이 죽음에 이르게 하는 것처럼,

어쩌면 부부사이에서도, 부모자식 간에도, 형제 간에도
선과 악의 마음 혹은 시기와 질투 그리고
미움의 정도가 지나쳐 결국 서로 상처를 갖는
인생의 과정을 많은 사람들이 갖고 있을 것이다.
하지만 만남을 통해 매듭이 하나 둘씩 풀어지고,
생각의 전환이 일어나 생각의 오류를 내려놓고,
마음의 집착을 내려 놓고,
지우고 또 단순해지는 자유로움 쪽으로
한발 한발 다가설 수 있을 것이다.
살아가고 있는 인연과 더불어 우리는 늙어가고,
앞서거니 뒷서거니 하면서 함께 마무리하고 있다.
아름다운 삶의 마무리를 위해서는
미움과 사랑의 마음을 비우고, 텅 비워진 마음으로
영혼에 자유로움의 날개를 달고 날아가는 것이다.
그러면 '이렇고 저렇고 옳고 그르고'하는 '나'를
잃어버리는 작은 부처가, 작은 예수가 된다.


▬▬▬

"우물쭈물하다가 내 이럴 줄 알았다"

- 버나드 쇼의 묘비명에 -

▬▬▬

깨친 사람에게는 지옥도 극락세계이지만
깨치지 못한 사람에게는 극락세계도 지옥입니다.
중생은 극락세계를 지옥으로 쓰고
깨친 사람은 지옥을 극락세계와 같이 씁니다.

# 바람의 모습
### a figure of wind

어제는 바람이 많이 불어 둘레길 걷는 걸음거리를 힘들게 하더니만,
오늘은 바람이 잠들어 겨우내 간신히 버팅기고 있는
가냘픈 나뭇잎조차 미동도 하지 않는다.
난 예전에는 바람의 형체가 없는 줄 알았다.
그런데 그토록 많은 모양과 소리를
갖고 있다는 것을 요즘에야 숲길에서 느낀다.
어느 땐 야생마의 모습으로 온 천지를 뒤집어놓고,
어느 땐 이쁜 손녀 엉덩이 춤처럼 살랑거리고,
어느 땐 깊은 침잠의 모습으로 나타나기도 한다.
어느 땐 거친 호흡이 온 상체를 들썩거리게 하고,
어느 땐 깊고 세밀한 숨이 오고 가는 것과 같다.

거칠고 부드러움은 살아있음이다.

거센 바람에 맞추어 흔들리는 살아있는 역동성이다.

죽은 나무는 흔들리지 않고 뽑혀버린다.

한가지만 고집하는 고집쟁이와 같다.

마치 두꺼운 껍질의 에고를 닮았다.

바람은 형체가 없는 듯 있고, 있는 듯 없는 것처럼

무엇이든 일정한 모양으로 머무르는 법이 없다.

인연따라 항상함이 없는 무상無常이다.

알고 나면, 이것저것 갈라놓고 따지는

고집쟁이 마음이 친한 척 하면서 다가설 때 무심할 수 있고,

그러면 에고는 저절로 물러나서 편안해지기 시작한다.

조금씩 자유롭고 걸림이 없는 영혼이 시작된다.

하지만 만약 고집쟁이 마음을 벗으로 삼으면

걸핏하면 마음에게 속임을 당할 수 밖엔 없다.

———

생각할 것이 없고, 고민할 것이 없을 때 비로소 길을 알게 됩니다.
있어야 할 곳이 없고, 해야 할 것이 없을 때
비로소 길을 편하게 가게 됩니다.
따라야 할 것이 없고, 가야 할 곳이 없을 때 비로소 길을 찾게 됩니다.
신발이 편하면 발을 잊어버립니다.
허리띠가 편하면 허리를 잊어버립니다.
마음이 편하면 옳고 그름을 잊게 됩니다.
항상 편안한 마음이면 편하다는 생각조차 잊게 됩니다.

- 어느 글에서 -

번뇌와 깨달음은 동전의 양면처럼 별개의 것이 아니다.
거죽은 번뇌이고 속은 깨달음이다.

# 오늘, 이번 달, 금년
# 그리고 금생今生
today, this month, this year & this life

혼자 외롭게 지내시던 신도 거사님이 먼저 세상을 떠나셨다.
이승의 짐을 훌훌 벗는 날에
자식조차 오지 않아 쓸쓸함이 더해진다.
하지만 끝과 시작은 멈추지 않고 반복되니,
어느 곳이 시작이고, 어느 곳이 끝남이겠는가!
또한 어느 때가 과거이고, 어느 때가 미래이겠는가!
단지 언어적 표현이고, 사고적 개념일 뿐이다.
어쩌면 지금 우리가 느끼는 불행이라는 느낌은
아집이라는 작은 씨앗을 키워 뿌리를 내리게 하고
탐욕이라는 영양분으로 불행의 풍성함을 키운 것이다.
불행과 행복을 피하는 길은 불행과 행복의 분별이 사라지는 것이다.

번뇌밖에 따로 깨달음이 있는 것이 아니다.
이 세상 밖 어딘가에 천국이 있는 것이 아니라
바로 이 현실 세계에서 천국과 지옥이 공존한다.
그러니 바로 지금
지금이 들어가 있는 오늘, 지금이 들어가 있는 이번 달
지금이 들어가 있는 금년, 지금이 들어가 있는 금생
지금이 존재하지 않는 인생살이는 없다.
지나가버린 과거로 인해 고통을 받거나,
밟아보지 못한 미래에 대하여 불안한 것은
우리의 에고로부터 나온 것임을 알아야 한다.
붓다의 말씀처럼
삶과 죽음은 마치 가을 구름을 닮아
흐느적거리는 춤사위를 보는 것과 같다.
번갯불과 같고 산에서 내려오는 급류와 같다.

━━━

우물 안의 개구리에게 바다를 말해 줄 수 없습니다.
우물에 갇혀 있기 때문입니다.
여름 벌레들에게 겨울의 추운 날씨를 얘기해 줄 수 없습니다.
여름에 매여 있기 때문입니다.
지식을 갖고 있는 사람에게 도에 대한 말을 해 줄 수 없습니다.
알고 있다는 것에 얽매여 있기 때문입니다.

- 어느 글에서 -

━━━

우리는 한다는 마음없이 하는 언행들이
나비의 날개가 된다는 것을 안다

# 무엇이 되려고 애쓰지 마세요.
# 그러면 저절로 무언가가 됩니다

don't try to be somebody,
then becomes somebody on its own

오늘 둘레길엔 바람이 제법 불었어요.
발가벗은 나뭇가지들이 바람의 세기에 따라
여러 가지 소리와 춤솜씨를 보여 주네요.
자연은 정말 언제나 아름답지만,
그러나 항상 말이 없지요.
또한 사계절은 분명히 있지만 누구랑 의논하지 않아요.
그렇게 모든 만물이 저마다의 이치가 있어요.
하지만 말하지 않아요.
없는 듯 있는 듯,
보일듯 말듯 만물은 변하고 있어요.
모두가 다른 무언가를 만나 무언가 되고 있지요.

무엇이 되려고 애쓰지도 않아요.
알맞게 익은 환경에 할 수 있는 일을 하구요.
그러면 저절로 무언가가 됩니다.
봄이 되어 비가 내리고 해가 뜨면
가래와 호미를 들고 밭갈이를 시작하듯,
사는 것이 어떤 것인지 아는 사람은
할 수 없는 일에 힘쓰지 않아요.
운명이 어떤 것인지 잘 아는 사람은
어쩔 수 없는 것에 애쓸 필요가 없겠지요.
그렇게 될 수밖엔 없고,
그렇게 될 만하니 그렇게 되는 것입니다.
그렇게 된 것에 싫고 좋고 즐겁고 괴로운 것은
오로지 그대 마음이 하는 일입니다.
잠시 누군가는 임금이 되기도 하고
잠시 누군가는 신하가 되는 것일 뿐입니다.
그러니 그런 것에 얽매이지 말고
할 수 있는 일을 할 뿐,
그냥 살아가도록 하지요.
하지만 의식이 맑게 텅 비워짐을 위해
무엇을 하더라도 항상 깨어 있어야 합니다.
그러면 행복이 있는 듯한 것이 행복임을 알게 되고,
즐거움이 없는 듯한 것이 즐거움이란 것을 알게 됩니다.

담 없는 세상에 자신을 던져 보세요.
그러면 담 없는 세상에서 살게 됩니다.
세월도 잊고 나름의 생각도 잊어 보세요.
담 없는 세상은 분별이 없는 세상입니다.
옳고 그르다고 논쟁하지 마세요.
내가 옳고 당신이 그른들, 당신이 옳고 내가 그른들,
논쟁으로 결론 지을려고 하지 마세요.

- 장자 이야기 중에서 / 무경 無竟 -

뱁새는 둥지를 만드는 가지 하나만 있으면 좋아하고
두더지는 자기 배를 채울 물만 마시면 됩니다.
당신은 아직도 부족하지요?

# 담담히 그냥 그대로 흐르게 하세요,
## 그렇게 사는 거지요 뭐 !
just keep it calm & let it flow, that's how you live

살아가는 속에 시간이 있는 것인지?
시간 속에 삶이 존재하는 것인지?
산속에 쌓인 눈은 아직 한참인데
연말이라서 사람들로 여러 군데가 북적거린다.
한정지울 수 없는 시간과 공간 속에서
끝없이 서로 원인이 되어 나타나는 무진인연의
찰나적인 현상일 뿐일텐데…
삶의 의미를 부여하고 즐거움과 고통을 구분한다.
내가 머물러야 할 자리를 찾아 헤매면서
지금 서 있는 자리가 바로 그 자리인 것을 모른다.
즉 보여지는 대로 세상을 보지 못하고

보고 싶은 대로 세상을 보려고만 한다.
장자의 이야기 중에
'그렇다, 그렇지 않다 하는 것이
원래 그렇고, 그렇지 않은 것이 아니고,
그렇다고 하니까 그런 것이고,
그렇지 않다고 하니까 그렇지 않은 것이다.
바람이 소리를 만나 견해가 생겼을 뿐이다'라고
'나'라고 하는 정체성에서 훨훨 벗어나면
'이렇다 저렇다, 옳다 그르다'라고 하는 내가 사라지고,
그러면 나를 날뛰게 하던 귀신도 고요해지고,
듣고 보는 대로 받아들여지기 시작한다.
그냥 그대로 흐르게 하는 것이다.

오리 다리가 짧은 대로, 학의 다리가 긴 대로,
그렇게 사는 거지요 뭐!


꼭樂 지극한 즐거움
즐거움을 추구하지 않는 즐거움이 진짜 즐거움이다
느끼려고 하는 즐거움, 가지려고 하는 즐거움,
찾으려고 하는 즐거움에서 벗어난 즐거움이다
- 장자 중에서 -

운명은 앞에서 날아오는 화살이어서 피할 수 있지만,
숙명은 뒤에서 날아오는 화살이어서 피할 수 없다.

# 유희삼매 遊戲三昧
being absorbed in the play

밤이 가장 긴 동짓날이다.
3일 동안의 기도를 회향하는 날이기도 하다.
계속되는 눈으로 절간은 하얀 눈의 왕국으로 변했지만
몇몇 신도분들의 발걸음조차 막지는 못했다.
내 안의 부처를 문득문득 만나는 환희가 그립기도 하고,
어쩌다 톡톡 떨어지는 지혜의 방울을 맛보기도 하고,
모여서 세상사 이야기의 즐거움에 빠져보기도 하고,
지극히 평범한 하루하루의 순간들을 아쉬워 하기도 한다.
하지만 그 순간들이 없으면 삶이란 존재할 수가 없다.
삶이란 순간들이 모여 한 생애를 이루는 것이기 때문이다.
아이들이 놀 때 순간순간 아무런 잡념이 없는 것은

유희 그 자체에 몰입하여 단지 즐거움만 있는 것처럼,
보살님들 또한 예불이던, 정근이던, 설거지를 하던
그 자체가 즐거우면 삶이 즐거워지고 여유로워진다.
마음의 노예가 되지 않고 분별하지 않으면,
업의 매듭에서 풀어져 자유로운 영혼이 되는 것이다.
한번 지나가 버린 것은 이미 버려진 과거이고
또한 미래는 아직 오지 않았으니 기댈 것이 없다.
진정한 행복은 먼 훗날에 이룰 목표가 아니라,
지금 이 순간 존재하는 것이니까…

법정스님의 일기일회一期一會의 말씀처럼
지금 이 순간은 생애 단 한 번의 시간이며,
지금 이 만남은 생애 단 한 번의 인연이다.
삶은 소유물이 아닌 것을 알고
지금의 순간이란 것을 알면
세상과 작별하는 것을 두려워할 필요가 없다.
삶은 순간순간의 있음으로 존재한다.

산 입에 거미줄을 쳐도
거미줄이 가장 아름다울 때는
거미줄에 걸린 아침 이슬이 햇살에 맑게 비출 때다.
송이송이 소나기가 매달려 있을 때다.

산 입에 거미줄을 쳐도
거미줄이 가장 아름다울 때는 진실은 알지만 기다리고 있을 때다.
진실에도 기다림이 필요하다고 진실은 기다림을 필요로 한다고
조용히 조용히 말하고 있을 때다.

- 정호승 / 거미줄 -

지식은 하나씩 쌓아가는 것이고
지혜는 하나씩 버리는 것이다.

# 짙은 안개와
# 그림자假有

thick fog & shadow(unreal existence)

겨울답지 않은 날씨가 계속된다.
아침엔 바람이 세게 불더니만
가는 비 속에 안개가 절간 주위를 덮었다.
며칠 머물던 지인들도 어제 떠났고
주지스님도 오늘 육지로 잠시 떠났다.
봄이 온 줄 알고 나무에서는 잎이 자라나고
땅에서는 파란 풀들이 솟아오른다.
짙은 안개로 몇 그루 나무들만 보이고
큰 도로에서 차 소리가 간간이 들릴 뿐이다.
안개라는 인연에 따라 실체라는 형상들이
잠시 나의 시야에서 사라졌다 .

아주 작은 물방울들이 모여 구름이 일어나고
또 다른 인연과 관계들에 따라 흩어짐을 반복한다.
살아가는 것과 삶과 이별하는 것,
구름, 안개, 물방울 등이 관계와 인연에 따라
나타났다 사라지는 형상들은 그림자처럼
자성이 없는 공空 즉 본무자성本無自性이다.
어느 때는 인연에 맞추어 형체色가 있음이요,
어느 때는 인연따라 사라지는 공空이다.
색즉시공色卽是空이요, 공즉시색空卽是色일 뿐이다.
세상에 존재하는 모든 것은 인연(관계)따라
그림자처럼 존재하는 일시적 감정 혹은
잠시 머무는 실체가 없는 것이니
집착하지 않는 것이 바로 무소유無所有 즉 방하착放下着이다.
집착에서 일어나는 분별의 틀에서 벗어나는 사람이
무소유인이요 마음의 자유인이다.

제법무아諸法無我 제행무상諸行無相의 도리이다.


––––––––

이 마음은 시작없는 옛적부터 나고 죽는 것이 아니고,
푸르거나 누른 것도 아니며, 어떤 형상이 있는 것도 아니다.
모든 이름과 말과 자취와 관계를 초월한 본체가 마음이다.

- 황벽스님 -

––––––––

"나"라는 의식이 옅어지면 분별의 세계가 머물지 않는다.
그러면 일상이 깃털처럼 가벼웁다.


# 동백꽃에서의
# 외로움

loneliness of camellia flowers


일 년에 한 번 검진하는 병원을 다녀오니,
띄엄띄엄 피어 있는 동백이 반긴다.
고요함에 익숙해져 있는 생활이지만
며칠동안 머물고 만나는 인연들로부터
여러 가지 생각이 불쑥 올라오곤 한다.
삶, 죽음, 인연, 그리고 행복 등에 대한 의식,
너, 나, 그들 그리고 우리에 대한 개념,
우리는 생각의 쓰레기와 분별의 쓰레기를
버리는 것에 대한 두려움이 앞서나 보다.
버리고 또 내려 놓아 마음이 비워지면
행복해야 할 '나'가 없어지는 줄 안다.

오히려 구름과 바람 그리고 별, 오늘 숲에서 만났던 많은 것들과
이 우주에서 같이 살고 있음을 알고,
살아 있음에, 숨을 쉬고 있음에 감사할 줄 알고,
원래 없는 나를 찾는 어리석음을 눈치챈다.
그렇게 돌아온 이곳 절간의 동백은
머무는 사람의 성향을 닮았는지 북적거리는 것이 싫은가 보다.
내 창가 앞의 도도한 배롱나무 또한
작년에는 무성하게 꽃을 피우고, 금년에는 듬성듬성 피우지만
배롱나무는 그저 할 도리만 할 뿐인 것처럼,
오는 인연에 덤덤한 반가움에 접하고,
가는 인연에 애착이 없는 아쉬움에 젖으면
혼자 있어도 혼자라는 느낌이 없어진다.
그러면 일상적인 일들과 번거롭던 마음이
깃털처럼 가벼워지는 것을 느낀다.

외로움과 불편한 것에 익숙해지면 오히려 일상이 깃털처럼 가볍다.




———

뭔가에 의해 구별되는 것은 항상 유쾌한 일이다.
나는 그저 이 심각한 시대에 심각하지 않은
유일한 사람으로 구별되길 바란다

- 키에르 케고르 -

———

죽음이 끝이 아니고 또 다른 출발점이라면
너희들은 또 다른 즐거움을 선사하는 천사들이 될꺼야!

# 반려견
# 단비와 재롱이

my puppy dogs

며칠 전부터 사료를 먹지 않더니,
이틀 전부터는 물조차도 마시지 않는다.
10여 년 전에 발바닥에 피가 날 정도로 남산길을 따라
나를 쫓아오던 반려견 '단비'가 세상을 떠날 때가 되었나 보다.
그래도 마침 20년 가까이 사랑해주던
아내의 품에 안겨 마지막 숨을 쉬었다.
짧은 세월이 아닌 긴 시간 동안 식구들에게 즐거움을 안겨주었기에
마무리하는 삶에 사랑해주던 사람들로부터
배웅을 받으며 떠날 수 있는 단비가 한편으론 부럽다.
하지만 죽음이 다가오는 시간 속에서도
혼자라는 것에 대한 두려움이 있는 것일까?

단비는 보이지 않고 들리지 않을텐데…
냄새로써 알아채나 보다.
곁에 누군가 없으면 작은 신음소리 혹은
가느다랗게 짖는 소리를 낸다.
손길이 닿으면 가쁘게 쉬던 숨조차도 가라 않는 것 같다.
홀로 떠나는 길이라는 것을 알지 못할텐데 말이다.
숨을 거두는 시간이 종료됨을 직감한
집사람이 포대기로 감싸 안는다.
단비 몸의 모든 근육이 풀어 헤쳐지고
고통의 정점에서 고요함이 찾아왔다.
2년 전 죽은 또 다른 반려견 '재롱이' 곁으로
어제 미리 준비해 놓은 곳에 묻어주었다.
재롱이 또한 15년 넘게 즐거움만 주던 재롱둥이였다.

"잘 가거라, 너희들과의 삶은 참 즐거웠다.
너희들은 우리에게 행복의 천사였다"




━━

우리는 "언젠가, 언젠가, 언젠가는…"를
반복하는 삶을 살고 있습니다.
그러나 그 "언젠가"는 항상 당신보다 몇발자국 앞에 있습니다.
"지금…"은 어디서 찾을까요?

- 미얀마 스님 -

━━

사라지는 것이든 옮겨가는 것이든, 예수를 만나든
부처를 만나든, 찰나가 변하든, 영원이 변하지 않든
침잔의 시간으로 들어가 보자!

# 사라져 가는 것들의 아름다움

sweetness of disappearances


일요일 오름길은 눈이 녹지 않고 쌓여 있어서
길을 찾아 오르고 내려오는데 애를 먹었다.
그래서 어제 오늘은 쉬운 오솔길을 선택하여
가벼운 마음으로 숲속을 거닐었다.
인적이 드문 숲은 아직 겨울이 오지 않았다.
숲속은 겨울답지 않은 날씨 때문인지
푸른색을 띤 낙엽과 곱지않은 색깔의 낙엽이
숲 속의 오솔길을 어지러이 가득 메우고 있었다.
떨어진 낙엽처럼 인간 역시 자연의 일부로써
어쩔 수 없이 죽음이라는 과정을 밟는다.
사람들이 죽음에 다가서는 모습은

여러 가지 모습으로 떨어지는 낙엽을 닮았다.
고운 낙엽과 일그러진 낙엽처럼…
더군다나 본 나무보다 더 굵어진 덩굴 혹은
많은 덩굴로 휘감겨진 특히 키 큰 소나무와 같이 자라는
덩굴의 푸른 잎이 무성하여
본 나무의 잎으로 착각하게 한다.
우리 또한 의식의 비움이 없으면 덩굴의 노예처럼
망상과 분별의 노예가 되어 밑둥이 썩어버린다.
어느 날 인연따라 선물처럼 받았던 숨을
인연따라 돌려주는 것을 죽음이라고 표현한다.
살면서 우리는 해변의 파도소리 그리고 심장의 박동
소리가 탄생과 죽음이 오가는 소리인 줄 모른다.
그렇게 삶이란 단지 탄생과 죽음을 계속 반복하는
변화를 노래하는 춤일 뿐인데 말이다.
즉 바다의 배가 하늘과 바다가 맞닿는 곳에 다다르면
다른 쪽에서 또 새로운 배가 나타났다고 하면서
기쁨의 탄성을 올리는 것과 어찌 틀림이 있을까!
사라짐은 또 다른 태어남이기 때문이다.

무상無常이라는 살인귀는 눈 깜짝할 사이에
귀천貴賤과 노소老少를 가리지 않는다.

침대에 마지막으로 곧게 뉘인 몸
최후의 몇마디를 힘없이 속삭이는 목소리
과거의 기억을 마지막으로 되살리는 마음
저 드라마가 당신에게 언제 일어날 것인가?

- 티벳의 속담 -

조금의 불편함은 큰 편안함을 가져오고
조촐한 삶은 마음의 번거로움을 지워버린다.
꽉찬 공간보다는 비움의 공간이 아름답듯이…

# 겨울채비

## preparing for winter

밀양에서 며칠 보내고 다시 돌아온 절간이
4년 넘게 지낸 곳이지만 조금 낯설게 느껴진다.
오늘 오후엔 많은 비와 바람이 함께 나뒹굴어
이젠 겨울철로 접어드는 것을 실감나게 한다.
입던 얇은 옷들을 세탁기 속으로 밀어넣고,
다락 안에 있는 겨울 옷들을 몇 개 꺼내 놓았다.
겨울엔 번갈아 입을 옷이 한 벌 내지 두 벌이면 족하다.
무엇이든 넘치면 그것을 사용해야 할 기회를
억지로 만들어야 하니 어쩔 수 없이
넘친 물건의 노예가 되는 생활이 된다.
생활이 단촐하고 담백하지 않으면

마음이 번잡스럽고 번뇌의 파동이 거칠어진다.
조금 불편한 작은 삶에 길들여져 단출해지면
물질적, 정신적 그리고 공간적 쾌적함을 맛본다.
항상 스스로와 대면하여 마주하는 습관이
그런 쾌적함의 행복을 만들어 준다.
눈으로 느낄 수 있는 행복스러움,
맛으로 느낄 수 있는 포만스러움,
몸으로 느낄 수 있는 안락스러움,
상대적인 느낌으로 가질 수 있는 우월감,
이러한 행복들의 파동은 거칠고 유혹적이다.
그런 종류의 행복 지수를 낮추면
또 다른 종류의 평안함이 찾아온다.
"행복한 사람은 있는 것을 사랑하고
불행한 사람은 없는 것을 사랑한다"는 글귀처럼
마음의 빈곤은 여러 감정들을 유혹한다.

━━

욕심은 부릴수록 더 부풀고, 미움은 가질수록 더 거슬리고,
원망은 보탤수록 더 분하고, 아픔은 되씹을수록 더 아리며,
괴로움은 느낄수록 더 깊어지고, 집착은 할수록 더 질겨지는 것이니
부정적인 일들을 지워버리고 나면,
번거롭던 마음이 편안해지고 사는 일이 언제나 즐겁습니다.

- 안국훈의 글에서 -

━━

근심은 애욕에서 생기고, 재앙은 물욕에서 생기고,
허물은 경망에서 생기고, 죄는 참지 못하는 데서 생긴다.


# 아름다운 지구와
# 손녀들
beautiful earth & descendant


이틀 동안 사나운 비가 드문드문 내렸다.
가물었던 곳에는 조금 위안이 되었으리라!
절제되지 않는 인간의 탐욕이 만들어내는
환경의 변화가 급작스레 다가선다.
손녀들에게 아름다운 지구를 남겨주고
싶은 마음과 미안한 마음이 함께 한다.
요즘엔 신神과 도道 그리고 종교의 가르침이 설 자리조차 없다.
귀 닫히고 입만 열려있는 아상我相만 가득한 듯하다.
타인의 이야기는 닫힌 귓가를 맴돌다간
메아리처럼 허공으로 사라져 버린다.
천당과 지옥이 저 멀리 있는 곳이 아닌

바로 지금 우리 곁에 있는 것을 모른다.
바로 이곳이 누구에겐 천상이요, 누구에겐 아귀 지옥이고,
누구에겐 비움空의 평화이고, 누구에겐 가득찬 탐욕의 고통苦이다.
비움이란 모든 종교인이 해야 할 궁극적인 과정이며,
비움을 통하여 서로 사랑하고 남과 더불어 살아가며,
남을 위한 삶을 통해 얻어지는 평온의 안락함이다.
부처도 결국엔 자애롭고 연민하는 마음 그리고 같이 기뻐해 주고,
집착과 욕심을 버린 평정의 자비희사慈悲喜捨를 설파하였고,
예수 또한 우리의 의식변화를 일으켜
궁극적인 깨달음에 이르기를 바라면서
"회개하라 천국이 가까이 왔다"라고 하지 않았던가?
생각의 변화 속에 스스로 변화를 거듭하면
보따리 속으로 작은 깨달음이 쌓이고,
작은 깨달음이 아름다운 지구를 만든다.


———

어떤 것을 나의 것이라고
집착하여 동요하는 사람들을 보라!
그들의 모습은
물이 말라서 강물이 적은 곳에 사는
물고기와 같이 펄떡거린다.

- 초기경전에서 -

———

분별하는 번뇌의 구속인 쇠사슬과
깨달았다고 하는 분별의 노예인 금사슬 모두
인간을 자유롭게 하지 못한다.

# 부모를 만나면
# 부모를 죽여라

do not be restrained by discriminating mind

가을답지 않은 가을이 지나가고 있다.
숲은 아직 여름의 모습이 많이 남아있는 듯 하고
낮이면 따스한 햇빛과 구름이 몰려다닌다.
저쪽에서는 소문내지 않는 많은 낙엽이 수북하다.
봄에 한송이 꽃과 함께 핀 하나의 세계는
가을엔 한 낙엽에 하나의 우주가 진다.
이러한 일상사가 가치없이 보이고 도道의 경지가
대단해 보이는 것은 둘로 나누어 보는 분별의식이
실재하지 않는 상대적인 세계를 그리는 것이다.
세상이 어수선하니 좌절과 절망만이 있고,
또한 일상이 지옥같은 느낌으로 살아가지만

수없이 무너지고 다시 나아가고 하는 반복을
순하게 받아들이는 습관을 들여야 한다.
지옥과 천당, 좌절과 희열 혹은 절망과 희망 등의
마음에서 일어나는 분별의 노예에서 벗어나
아주 큰 바보大愚가 되어야 한다.
그러면 도道란 신비하고 현묘한 것이 아닌
일상사가 바로 깨달음 그 자체인 것을 안다.
성경에도 "그 나라는 이미 여기 있지만
우리는 그것을 의식하지 못하고 있을 뿐입니다.
세상을 찾아 부자가 된 사람은 세상을 버려야 합니다"라고
예수도 깨달음조차 버려야 할 것이라 설한다.
우리들은 앉아 있을 때는 벌써 서 있고, 서 있을 때는 벌써 걸어간다.
걸어갈 때는 이미 목적지에 가 있다.
마음은 이미 그 무엇으로 가득하다.
분별하는 마음을 죽여야 하는 이유이다.

━━

진정한 견해를 얻고자 할진대, 남의 말에 끌려가지 마라.
안으로든 밖으로든 만나는 것은 바로 죽이라.
부처를 만나면 부처를 죽이고, 조사를 만나면 조사를 죽이고,
부모를 만나면 부모를 죽여야만
비로소 무엇에도 구속되지 않고 온전히 자재한 사람이 될 수 있으리라!

- 임제선사 -

━━

본래의 고유한 자기, 순수무구한 자기,
있는 그대로의 진실한 자기, 또한 태어나기 전의 자기
사람들이 본래 갖추고 있는 진실한 모습,
참 나이며 순수한 인간성이다.

# 원래 자리로
# 돌아가는 아름다움
## return to the original place

인도에서 어느 날
길거리에서 놀던 6마리 강아지를
주인의 허락을 얻어 데려온 적이 있다.
하지만 데려온 지 한 달도 되지 않아
허겁지겁 6마리 모두 죽고 말았다.
2마리는 처음부터 시름시름 하더니만 쳐다보지도 않고 갔다.
한마리는 배꼽 부위에 콩알만한 것들이
생기더니만 또 끙끙거리며 갔다.
세마리는 제법 건강하게 밥도 잘 먹고,
장난도 잘 치고, 순례객들에게 귀염도 받더니만,
어느 날부터 밥이 남아있다.

입 주위가 많이 부어있어 먹지를 못한다,
강아지들도 억지로 먹어보듯 하더니 이내 포기하고 만다.
이틀 정도 책임자를 시켜 주사도 맞혀 보았지만
한 마리가 나흘 후 새벽에 로비 앞에서 자는 듯이 떠났고,
또 한마리는 숙소 부근 구석에 웅크려 죽었다.
몇 시간 지나지 않아 마지막 한마리가
차 끓이는 곳 주위에서 숨을 고르기 시작한다.
이렇게 여섯 마리가 오는 듯이 갔다.
돌림병이란다.
죽음도 삶의 과정이라는 것을 알고 있지만
잠시 슬픈 기운이 가슴, 콧잔등과 눈가에 잦아든다.
그 와중에도 나이드신 스리랑카 순례객들은
맨발로 아주 느린 걸음을 재며,
알아차림의 명상 속에 잠긴다.

이렇게 또 모든 것이 제자리를 찾아갔다.
별은 하늘에 있어야 아름다운 것이고,
꽃은 땅에서 피어날 때 예쁘듯이
모든 것이 원래 자리로 돌아가는 과정이다.

어느 날이고 어느 달이고 다 주님의 날이다.
따라서 똑같이 아름다운 날들이다.
오늘로 나는 벌써 여든 두 살이다.
이 해를 과연 넘길 수 있을까?
어느 날이고 다 태어나기 딱 좋은 날이고
어느 날이고 딱 죽기 좋은 날이다.

- 교황 요한 23세 1962년 성탄절에 -

원인이 곧 결과라는 공식은 없다.
일어날 일이 일어날 뿐이다.
다만 그럴 만해서 그럴 뿐이다. 헤아리지 마라!

# 세상은 수많은
# 매듭의 모임이다
## life is a big file of plenty knots

백일동안 붉었던 꽃도 이젠 몇 개 남지 않아

가지만 앙상하게 남았다.

절에는 간간히 찾아오는 인적 속에서도

많은 사연들이 어느 때는 새색시의 수줍은 모습으로,

어느 때는 한 늙은이의 추한 모습으로 다가섰다가 물러난다.

사연들은 여러 가지 분별된 모습으로

찰나의 순간들을 채우고 겁劫의 시간을 채운다.

찰나刹那는 명주실을 양쪽에서 잡아당기고,

어떤 사람이 이를 절단할 때 걸리는 시간을

64찰나刹那의 시간이라 한다.

1초에 24장의 사진을 연결하면 영상이 되고,

1초에 60번 깜빡이면 60촉의 전등이 된다.
우리의 한 생각이 80 찰나요,
한 찰나剎那에는 80번의 분별이 생기고 사라진다.
사람의 눈에는 찰나 생멸의 미세함이 보이지 않고
'지속적으로 흐르는 듯이 보이는 그림자들'이
실재하는 시간의 모습으로 착각하는 것이다.
양자 중력 이론에서의 논리처럼,
시간은 연속적인 것도 아니고, 객관적이지도 않다.
세상은 서로의 관계 속에 상호 연결된 그물망에서 나타나는
수많은 매듭의 총체일 뿐이다.
즉 원인은 항상 원인 자리에 머물고,
결과는 항상 결과 자리에 머문다.
원인은 결과를 낳는 계기가 된 것 뿐이다.
모든 일은 시절 인연을 따르면서 다만 그럴만해서 그럴 뿐이다 .
그 결과가 좋건 나쁘건 좋다, 나쁘다 하고 분별할 것이 없다.

단지 다만 그럴 뿐이다!


━━━

봄에는 꽃이 피고, 가을에는 달이 뜨고,
여름에는 서늘한 바람 불고, 겨울에는 눈 내리네!
쓸데없는 생각만 마음에 두지 않으면 이것이 바로 좋은 시절이라네!
- 무문 선사 -

━━━

행복을 찾는 길에
일부러 신을 찾지 말거라!

# 황금률과
# 행복의 조건
golden rule & happiness

은빛 물결의 억새철이다.
제주도엔 단풍나무가 많이 없어서 알록달록한 맛은 없어도
은빛 물결 억새들의 풍경은 또 다른 맛을 선사한다.
일요일마다 같이 둘레길 포행을 하는 일행과
억새 숲을 가기로 하고, 유명한 곳보다는
잘 알려지지 않은 마보기오름으로 올라
영아리오름을 돌아서 오는 길을 택하였다.
정상에서 붉은 색깔을 띤 아직 젊은 억새들과
은빛으로 변하기 시작한 억새들의 물결이 가득하다.
사람보다 훨씬 큰 억새들이 우리의 방문이 부끄러운 듯,
잔잔히 불어오는 바람에 은빛으로 물결을 이룬다.

억새들과 우리들이 주고 받는 행복의 시간이다.
행복이란 이렇게 주고 받을 수 있는 상대가 있는 것이다.
예수는 사마리아인이 있음으로 돋보이고,
부처는 범부가 있음으로 행세를 하듯,
사랑을 표현하고 무엇인가 줄 수 있고, 또한
누군가 받을 수 있는 상대가 있음으로 환호한다.
모든 종교에서 공통적으로 가르치는
황금률 또한 그런 상대적인 관계에 의거한다.
신학자 랍비 힐렐은 짧은 문장으로
토라의 가르침을 설명해 달라는 부탁에
"당신이 하기 싫은 일을 남에게 시키지 마시오.
나머지는 주석일 뿐이라오."라는 대답을 하였듯이…
누가복음은 '사람들이 너희에게 해주기를 바라는 대로
너희도 그들에게 그와같이 해 주라'고 말하며,
불교경전에서는 '나에게 해로운 것으로
남에게 상처를 주지 마라'고 적혀 있으며,
힌두교는 '나에게 고통스러운 것을
타인에게 강요하지 마라'고 가르친다.

황금률에는 신이 차지할 공간이 없다.

종은 누가 그걸 울리기 전에는 종이 아니다.
노래는 누가 그걸 부르기 전에는 노래가 아니다.
당신의 마음 속에 있는 사랑도
한쪽으로 치워 놓아선 안된다.
사랑은 주기 전에는 사랑이 아니니까!

- 오스카 햄머스타인 -

물은 흘러 바다로 들어가고
달은 져도 하늘을 벗어나지 않는다.

# 본래 고향으로
# 돌아가는 길목에서
on the way back to the home place

머칠만에 다녀보는 숲속은
또 다른 느낌으로 다가선다.
이제 모두 자기의 역할을 마무리하고,
또 내년 새롭게 태어날 다음 주자를 위해
물러나는 준비에 한참이다.
인연따라 본래 가야할 고향으로
하나 둘 떠나고 있다.
본래 갖고 태어난 성품만큼 즐기고
깔끔하게 물러나는 모습이 부럽다.
사람들은 망상이라는 의식으로
버리고 놓아주는 시점을 잊어버렸다.

우리가 태어난 고향으로 돌아가는 길이
조금은 험해 보이고 복잡한 것 같지만,
현재의 인연들에서 또 다른 인연들로
변화되는 과정일 뿐이다.
떨어지는 나뭇잎들처럼
본래 고향인 근본자리로 돌아가는
여정의 순조로움을 위해
오늘은 차분히 그놈의 망상들과
마주해 보련다.

▬▬

공수래공수거 시인생 空手來空手居 是人生
빈손으로 왔다가 빈손으로 가는 것이 인생이다

태어남은 어디서 왔으며 죽은 후에는 어디로 가는가?
태어남은 한조각 뜬구름이 일어나는 것이요,
죽음이란 그 뜬 구름이 사라지는 것인데,
뜬구름 자체는 본시 실체가 없는 것이요,
죽고 살고 오고 가는 것 모두 이와 같은 것이다.
여기 한 물건이 홀로 있어
담연(淡然)히 생사를 따르지 않는다.

▬▬

관계 속에서 벌어지는 우주의 향연
하나하나 모두 주인공들이다.
잠깐 반짝거린 불빛처럼 !

# 인드라망의
# 구슬과 양자역학
indra's net & quantum


어제는 천아숲길 쪽의 가파른 길을 택하여
노루오름 옆의 붉은 오름에 올랐다.
1년 반 전에는 노루오름 쪽에서 겨우 길을 찾아올랐지만,
몇 달 전에는 결국 중간에서 길을 잃었다.
사람들이 거의 다니지 않는 오름이다보니 길 찾기가 쉽지 않다.
1,000미터 넘는 오름 정상에 서면 한라산 아래
많은 고봉들과 오름들이 화엄세계의 인드라망처럼 펼쳐진다.
오솔길 밝은 곳의 거미줄, 떨어진 낙엽들 그리고
숲 속의 노루들과 흐르는 물소리 모두 인드라망의 구슬들이다.
이렇게 이 세상은 개개의 사물이 독립되어 있지 않고,
어떤 관계 속에서 서로 연기緣起되어

인드라망의 보석들처럼 서로 빛을 반사하고 있다.
어느 하나만 빛나는 것이 아니라
모두가 함께 빛나 세계를 장식한다.
그것이 부처의 세계요 화엄의 세계이며,
또한 물리학자들이 본 양자의 세계이다.
화엄의 세계는 평등의 세계이며
우주 안에 존재하는 일체만유가 모두 중심이다.
모두가 중심인 세계에 우리는 다른 것들과
연기되어 잠시 살다가 원래의 자리로 돌아간다.
그 모든 것들이 서로를 있게 하고 서로가 서로에게 생명을 주며
서로가 서로에게 광명을 발하고 있다.

이것이 우주의 법칙이고 생명의 법칙이다.

세계는 사물로 이루어져 있는 것이 아니고
사물은 관계에 의해서 나타나는 상호작용일 뿐이다.
즉 자연의 모든 사실들은
오직 다른 대상과의 관계에서만 존재한다.
파도처럼 그리고 모든 대상들처럼
우리는 그저 과정이고 사건들의 흐름일 뿐이다.

- 양자물리학자 폴 디렉 -

하루하루 조금씩 스스로 변하고 있다는 느낌은
우리들 삶에 평온한 느낌을 선사한다.
그것은 작지만 지속적인 노력과 인내로써 가능하다.

# 진리는 언제나
# 내 곁에 있다
the truth always stands by me

나이가 들어가면서 혼자 있는 시간이 길어진다.
혼자 있는 외로움의 느낌이 싫어
더불어 사는 것도 삶의 한 방법이지만,
험한 삶을 살아오면서 어느 한 구석에 묻혀두었던 것을
외로움과 벗하여 꺼내보는 것도 하나의 기쁨이다.
요즘에는 즐겨 읽던 불교 경전들은 잠시 접어두고
다른 분야들의 서적들을 펼쳐보며
생소함에 적응해보려 하지만 아직 어렵기만 하다.
새로운 언어, 새로운 개념들에 익숙해지려 끙끙대는
어느 노인네의 발버둥처럼 애처롭기까지 하다.
하지만 또 다른 한 면으로는 두껍고 겹이 많게만 느껴지는 에고의 껍데기가 한 겹 벗겨지는 느낌이다.

그저 일상을 사는 우리들은 삶의 의미 혹은 우주의 목적에 대하여
특별하게 아는 것이 그렇게 많지가 않다 .
오로지 오다가다 들은 과학적 혹은 철학적 단편적 지식으로
신비스러움의 껍질, 진리의 껍질을 어림잡아 볼 뿐이다.
우리의 시간이 끝날 때까지 저 심층의 뜻을 알지는 못하겠지만
컴컴한 곳에서 아주 자그마한 불빛이 비춰지면
마음이 두근거리는 작은 희열도 맛볼 수 있다.

이러한 작은 노력을 하는 중생들에게 붓다는
진리는 과거에 생긴 것이 아니고,
미래에 생길 것도 아니며, 현재에 일어날 것도 아니며
항상 존재하는 것이라고 귀띔해 준다.

━━

만나는 인연은 연꽃 위에 떨어지는 물과 같고
겪는 일들은 허공에 부는 바람과도 같다.
만법이 큰 허공처럼 다른 것이 없다.
그런 자리에 어찌 아름다움과 추함이 있으랴!

- 중관론 중에서 -

━━

만 개의 시선과 허상들 · 내 인생의 무게는 얼마나 될까? · 연아달다의 머리는
어디 있을까? · 지독한 에고이스트와 독사의 자식들 · 하늘엔 구름이 오고 가
고, 연못엔 달이 오고 간다 · 수처작주 입처개진 隨處作主 立處皆眞 · 판도라
의 상자와 에덴 동산 · 눈물이 없는 자는 영혼의 무지개가 없다 · 천 개의 입과
하나의 몸 · 가보지 않은 길 · 무소의 뿔처럼 혼자서 가라 · 산딸기와 산수국 ·
소들의 해방과 자유

봄에는 꽃이 피고 가을에는 달이 뜨고
여름에는 서늘한 바람 불고 겨울에는 눈 내리네!
쓸데없는 생각만 마음에 두지 않으면 이것이 바로 좋은 시절이라네!

- 무문 선사

# 만 개의 시선과
# 허상들

different eyes , different views

오늘 새벽부터는 또 바람과 함께 검은 구름이 잔뜩 몰려온다.
가을 장마란다.
이번엔 또 며칠동안 비가 오려나?
며칠동안 내리는 비가 그치면 숲속은
또 새로운 낙엽들의 잔치가 될 것이다.
그렇게 숲속은 인연따라 모습을 바꾸는데 주저함이 없다.
낙엽이 흩어지는 숲속을 사람들은
저마다의 느낌으로 이야기하고,
각자의 시선과 감정으로 숲속의 모습을 표현한다.
내가 보는 세상은 나의 개념의 세상일 뿐이듯,
만 개의 다른 시선들과 허상들이 이리저리 입을 타고 흘러 넘친다.

그래서 옛말의 어느 글귀처럼,
마음으로 마음을 구하거나, 마음으로 마음을 알거나
마음으로 마음을 닦는 것들이
모두 부질없는 짓이라고 하지 않던가!
마음으로 아무런 짓거리를 하지 않는 것이
고요함의 행복을 지키는 열쇠라고 말이다.
비 맞는 배롱나무 꽃의 색깔이 더 붉다.
백 일 동안 세 번 색깔이 변하고 나서야 진다는
백일홍의 유아독존이 나를 토닥거린다.

세상의 흐름에 휩쓸리지마라!
분노를 행동으로 옮기지 말라!
자신의 행동을 항상 살펴라!
하느님이 어디서나 우리를
지켜보고 계신다는 것을 확실히 믿어라!
말을 많이 하지 말라!
공허한 말, 남을 웃기려는 말을 하지 말라!
다툼이 있었으면 해가 지기 전에 바로 화해하라!

- 성 베네딕도 -

스스로 감당할 수 있는 무게를 알면
두려움과 걱정으로부터 벗어날 수 있고
보이고 느끼는 모든 것에 미소 지을 수 있다.

# 내 인생의 무게는
# 얼마나 될까?
how about the weight of my life?

머무는 절에 백일홍이 제법 소복하게 피었다.
짙은 분홍빛 더미들이 참 탐스럽다.
바람이 불 때면 그 더미들은 바람의 세기에 따라 흔들림을 달리 한다.
바람의 정도에 맞추어 하늘거리는 모습이
어린아이들의 칭얼거림 같다.
바람에 따라 흔들림의 강도를 스스로 조정한다.
비가 오면 연꽃잎은 스스로 감당할 무게가 넘어서면,
밑으로 떨어뜨리고 또 다른 빗물을 받아낸다.
연꽃잎 또한 스스로 감당할 무게를 알고 있다.
비오는 날의 숲속은 가지가지의 나뭇잎들에서
각자의 무게에 맞추며 떨어지는 소리가 달라

여러 가지 빗소리의 하모니가 들려온다.
그렇게 숲속엔 가지가지 나뭇잎마다
스스로 감당할 만큼의 빗물을 머금고 머물다간
산을 오르는 인연을 만나면 바지 자락을 적시는 기회를 갖는다.
그러면 결국 젖은 바지 무게에 자꾸 멈추어
바지 허리춤을 올려야만 하는 번거로움으로 대신한다.
그러면 나는 세상에서 감당할 무게가 얼마나 될까?
모자라면 아쉬울 것 같고, 넘치면 나 스스로를 다치게 하고,
타인의 마음조차 다치게 하지나 않을런지…

나뭇잎에서 지혜를 배운다.

남들의 평가는 그 사람의 기준일 뿐입니다.
내가 세상에 존재하는 것은 당신의 기대에 맞추기 위함도 아니고
당신이 이 세상에 존재하는 것 또한
나의 기대에 맞추기 위함이 아닙니다.
나는 나, 당신은 당신
어쩌면 우리가 서로를 알게 된다면 그것은 참 멋진 일입니다.
만약 그렇지 못한다고 해도 그것은 어쩔 수 없는 일입니다.

- 게슈탈트 기도문 중 -

논리적인 마음은 흥미롭지만
그것은 미혹의 씨앗이다.

# 연아달다의 머리는
# 어디 있을까?

where is my head?

어제는 1,068미터의 노루오름에 올라 보았다.
매년 오름의 오솔길들이 점점 좁아지고,
어느 곳엔 조릿대가 길을 덮어 길이 보이지 않는다.
썩은 잎들과 가지들은 내려오는 빗물에 쌓여
맨발로 걷는 앞길을 번번이 가로 막는다.
한적한 오솔길 햇볕이 드는 곳에는 거미줄이 가득하고
작은 벌레들은 젖은 땀 냄새를 쫓아 등허리에 달라 붙는다.
주로 누구도 만나지 못하는 혼자만의 산행이지만
간간이 우는 매미소리, 짙은 녹음들의 고요함,
하늘과 공간과 숲과 그 숲을 이루는 작은 생명들,
그들 스스로 아름답다고 이야기를 하든 그렇지 않든

그들의 세상은 언제나 아름답고 경이롭기만 하다.

또 다른 종류의 우주와 하나되는 시간이다.

능엄경에서

옛날 연아달다라는 사람이 거울을 보다가 잠깐 착각하여,

"자신의 머리는 어디 있는가?" 하는 의심이 들어

자기 머리를 찾아 나섰다가 결국

그는 자신의 머리를 잃어버린 적이 없었고

나에게 그대로 있다는 사실을 알고는

그 순간 머리를 찾으려는 마음을 내려 놓았다.

복음에서는

깨달음을 통해 내 속에 있는 천국,

내 속에 있는 하느님, 내 속에 있는 참 나를 발견함으로써

자유와 해방을 얻고 새 생명으로 태어난다고 가르친다.

진리는 먼 곳이 아닌 바로 내면에 있음이다.


사자는 흙덩이를 던진 사람을 물지만

개는 허둥지둥 흙덩이를 쫓는다.


━━━

해결할 수 있는 문제라면 걱정할 필요없이 해결하면 된다.
만약, 해결할 수 없는 문제라면 그도 걱정할 필요 없다.
해결할 수 없으므로!

- 티벳 경전 -

━━━

지나간 기억의 노예가 되지 말고
아직 만들어지지 않은 미래의 의식에 구속되지 말고
지금 현재에도 집착하지 않으면 편안해진다.


# 지독한 에고이스트와
# 독사의 자식들
real egoist & generation of vipers


맨발로 걷는 것에 발바닥이 조금씩 적응을 해 나간다.
숲속의 풍경 또한 빠르게 변화되고 있다.
벌이 없어지니 벌통이 사라지고
나비가 보이지 않고 매미 소리가 예전과 같지않다.
새로운 환경이 만들어지고 있고, 먼 훗날
새로운 질서가 어떤 모습으로 나타날런지 걱정이다.
사람에게 숨어있는 기억이 새로운 느낌을 만나
또 새로운 껍질을 만들어 가듯이…
껍질은 개념을 만들고, 개념은 에고를 만들고
에고는 지독한 편견을 만든다.
삶은 그렇게 지독한 편견 속에서 만들어진다.
지금 말하고, 행동하고 생각하는 것들이

각자의 지독한 에고 속에서 만들어지는 것들이다.
그런 면에서 우리는 각자 지독한 에고이스트들이다.
지독한 에고의 동굴에 머물러 집착하면
또 다른 욕망의 불길이 타오른다.
에고의 동굴에 머물고 있는 것을 알지 못하면
망상의 늪에 빠진 채 살아갈 수 밖에 없다.
예수 또한 아상에 젖어 있는 자들에게
'독사의 자식들'이라고 나무란다.

상대적으로 외로움의 시간은 고요함의 시간이다.
고요함 속에서 깊숙이 숨어 있는
자신의 본래 고향을 끄집어내야 한다.
명상이란 깊숙이 자신을 들여다보는 것이다.
그래서 평온의 고향이 나에게 있음을 알아채는 것이다.
에고로써 왜곡된 것이 아닌, 있는 그대로 보는 것을
붓다는 참선으로, 예수는 기도로써
우리에게 깨우침의 길을 보여 주었다.


━━

우리는 삶에서 특정한 역할이나
자기 이해의 틀 속에 갇혀있는 것처럼 느낍니다.
이유는 스스로 정체성을 정립하여
그속에 자신을 가두고는 그것이 진짜 자기이며 또
그렇게 되어야 한다고 믿기 때문입니다.

- 티벳 스님 -

━━

오고 가는 구름조차
어느 땐 마음에 천근만근이다.

# 하늘엔 구름이 오고 가고,
# 연못엔 달이 오고 간다
clouds in the sky & moon in the pond come & go

불쑥 찾아온 지인과 며칠을 보냈다.
둘레길도 걸어보고, 오름도 올라가 보고
예불도 같이 하고, 바닷가도 둘러보고…
하지만 지인이 머무는 동안 구름이 끼여
한라산 봉우리가 숨어 버렸다.
날씨가 좋으면 봉우리가 나타나고
구름이 끼면 봉우리가 숨어 버린다.
하늘에 구름이 오고 가는 인연일 뿐이지만
좋은 풍경을 보여주고 싶은 마음조차 내려놓질 못한다.
경전의 말씀처럼
심성본정 객진소염 心性本淨 客塵所染

이 마음은 본래 청정한 것이건만
바깥의 손님(망상)으로 오염된다.
이러한 인연의 법도를 모르는 바 아니건만
삶은 시시각각으로 마음을 흔들어댄다.
불쑥 찾아온 지인도 부모로써의 어려움이
마음에 파도를 치게 하니, 잠시 떠나고 싶었나보다.
어느 땐 마음에 파도를 만들어 내는 인연들로 인해
세상을 배운다.

 

어머니가 말씀하셨다. 산다는 건,
늘 뒤통수를 맞는 거라고.
인생이란 놈은 참으로 어처구니가 없어서
절대로 우리가 알게 앞통수를 치는 법은 없다고.
나만이 아니라, 누구나 뒤통수를 맞는 거라고.
그러니 억울해 말라고.
그러니 다 별일 아니라고.

- 노희경의 글 중에서 -

우리는 이제는 어린아이로 돌아가야 한다.
이분법에 머물고 있는 마음에서 자유로워져야 한다.


# 수처작주 입처개진

## 隨處作主 立處皆眞

be the master in anywhere,
then the truth will be in every place


초등학교 2학년인 손녀가 할머니 손을 잡고 먼길을 왔다.
하여간 여름방학 덕택으로 손녀와 며칠을 보내고
오늘 오전부터 비워진 공간을 정리하는 동안
마음 속엔 짧은 단상들이 오고 간다.
인연들에게 애착을 갖고 혹은 애정을 주는 것이
고통을 가져올 수밖에 없는 감정의 허비라는 말씀은
결코 우리들이 위안을 갖을 수 있는 행복과 애정의
경험 한 부분조차 인정하지 않는 것은 아니다.
붓다가 두려워 한 것은 행복과 애정에 대한
애착으로 인하여 감정들의 노예가 되고 구속되는 것이다.
애착으로부터 자유로우면, 구속의 사슬이 풀어지면

손녀와의 시간 속에 손녀와 할배의 간격이 사라진다.
즐겁게 해주고 싶은 마음도, 교훈적인 말 한마디도
끼여들 공간이 없이 한 몸이 되어 즐긴다.
어느 땐 손녀가 주인공이요, 어느 땐 내가 주인공이다.
삶의 언어로 표현을 하자면 존중과 배려, 즉 사랑이요.
성경의 말씀으로는
성령과 불로 거듭남으로써 어린아이처럼 된 사람을 이야기 함이요.
즉 젖먹는 아이같아야 천국에 들 수 있다는 말씀이다.


수처작주 입처개진  隨處作主 立處皆眞

어느 곳에서든지 주인공이 되라.
그러면 서 있는 자리가 모두 진실하다.
즉 마음의 여유로움이란
머무는 곳마다 마음의 주인이 되면
작은 파동조차 느끼지 못한 고요함의 시간일 것이다.
바로 그곳이 누구나 머물고 싶은 진리가 있는 곳이다.

- 임제록 -

진리는 먼 곳이 아닌 바로 나의 곁에서 내 눈치만 살펴보고 있다.
부처와 하느님의 나라는 눈으로 볼 수 있는 것이 아니고
맛으로 느낄 수 있는 것도 아니다.
또한 마음 밖 여기 저기 있는 것이 아니라
바로 내 안 깊숙이 자리하고 있다.


# 판도라의 상자와
# 에덴동산
## pandora's box & garden of eden


2주 전부터 맨발로 산길을 걷기 시작했다.

하지만 제주도에는

송이라고 하는 자주색의 아주 작은 돌같은 흙과

큰 돌을 부수어 만든 작지 않은 돌이 혼합된 길이 많다.

산 속의 길을 걷다보면 이런 길과 어쩔 수 없이 마주친다.

그래서 맨발로 다니는 것이 다른 지역보다 힘들다.

며칠 전 3시간 가까운 시간을 맨발로 걸었더니

잡풀 우거진 숲속에서 발에 풀독이 올랐다.

4일이 지났건만 아직 가렵고 발등이 많이 부었다.

하지만 밭의 잡초를 뽑아내는 동안에도 맨발의 감촉을 즐긴다.

이렇게 내 주위에 널부러져 있는 즐거움에 빠져 있다.

네팔의 흰눈 쌓인 멋진 모습을 보지 않아도,
인도의 바르나시를 여행하지 않아도,
유럽 멋진 도시의 낭만을 맛보지 않아도
가까운 곳에서 삶의 의미를 찾는다
상자 가득히 욕심, 질투, 시기 그리고
각종 질병의 악惡들과 희망이라는 선善을 함께 담아
판도라에게 선물로 건네준 제우스 신이나
선과 악의 열매를 아담과 이브에게 보여준
하느님의 입장이 참 많이 닮았다.
인간이란 유혹을 이겨내는 힘이 나약하다는 것을
신들은 이미 알고 있었다.
그런 유혹으로 인하여 생긴 욕심과 어리석음이
윤회의 씨앗이 되는 불교의 윤회와도 일맥상통한다.
욕심과 어리석음 그리고 그들로부터 벗어나보려는
삶의 일상이 윤회의 사슬처럼 저물어간다.
진리는 삶의 일상 속에 숨어있다.

───

누군가 망상에 시달리면 정신병자라고 하고
다수가 망상에 시달리면 종교라 칭한다.

- 볼 도킨스 -

───

공감은 동의한다는 말이 아니다.
공감은 찬성한다는 이야기가 아니다.
공감은 사랑이고 존경이고 자비이다.
공감은 우리를 살아있게 한다.

# 눈물이 없는 자는
# 영혼의 무지개가 없다
no tears, no rainbow of soul

한 달째 해를 보지 못했다. 제주도의 장마가 유난히 길다.
중부지방에선 폭우로 인한 상황이 심각하다.
그리고 많은 사람이 아무런 잘못도 없이 세상을 떠났다.
그리고 세상은 이곳저곳에서
봇물처럼 올라오는 갈등의 목소리로 가득하다.
이들에게는 이것이 옳고, 저들에게는 저것이 옳은 것인가?
돌아가신 분들조차 마음이 편치 않을 것 같다.
어느 분들은 슬픈 마음없이 슬픔을 나타내고,
어느 분들은 멀리서 용감스런 말들을 쏟아낸다.
눈에 눈물이 없는 자들의 영혼에는 무지개가 없을 것이며
멀리 떨어져서 용감해지기는 누구나 할 수 있다.

이렇게 끊임없이 일어나는 세상살이의 갈등 속에서
어떻게 하면 분노하는 마음을 침잔시킬 수 있을까?
외경복음서인 도마복음 5절의 말씀처럼
우리 모두가 원하는 그 세계는 바로 앞에 있는데
우리의 어리석음으로 알지 못할 뿐일까?
"예수께서 이르시되, 너희 바로 앞에 있는 것을 깨달으라.
그리하면 감추어졌던 것이 너희에게 드러나리라."

많은 비로 인해 돌아가신 분들에게 타고르의 시를 올려드리면서…


떠나겠나이다.
안녕히 계십시오, 형제여!

내 모든 형제들에게 절하며 작별하나이다.
여기 내 문의 열쇠를 돌려 드리나이다.
또 내 집에 대한 온갖 권리도 포기하나이다.
오직 그대들로부터 마지막 다정한 말씀을 간청할 뿐입니다.

우리는 살아있을 때 오랫동안 이웃이었나이다.
하지만 주기보다는 받는 것이 더 많았나이다.
이제 날이 밝아 어두운 내 집의
구석을 밝히던 촛불도 꺼졌나이다.
부르심이 왔나이다. 나는 이제 여행의 준비를 하고 있나이다.
안녕히 계십시오!

- 타고르의 시 -

감각적인 행복의 순환고리는
또 다른 갈증을 불러 일으키고
갈증의 순환고리는 고통으로 전환된다.

# 천 개의 입과
# 하나의 몸

a thousand mouth & one body

제주도에 머물다보니 지인들이 한번씩 찾아든다.
어느 지인은 두 번째 혹은 세 번째 방문이다.
이번에도 좋은 방문이 되길 바라지만 걱정도 앞선다.
다시 찾아보는 방문은 작년과는 또 다른 느낌일 것이기 때문이다.
눈으로 보는 풍경, 감동스런 음악의 소리,
잊을 수 없을 것 같은 향기로움과 촉감들,
이 모든 것은 성질상 사라지기 쉽고 일시적이기 때문이다.
사람들은 그때의 맛을 돌이킬 수 있다는 환상으로
계속 그 느낌을 찾아 헤맨다.
그러한 즐거움에 사로잡혀 갈망渴望의 순환고리의 노예가 되면
결국 일종의 고통으로 변한다.

삶을 풍요롭게 해주는 물질, 건강 그리고
인연들과의 지속적인 유대감들을 통하여
행복해 하고 만족을 느끼되
노예가 되거나 구속이 되지 않아야 한다.
그러한 순환고리를 갈애渴愛라는 것을 눈치채야 한다.
즉 갈애의 순환고리에서 벗어나야 한다.
진정한 행복은 마음의 평화 혹은 정신적 평온함이기 때문이다.

간디의 충고처럼
이 세상은 우리의 필요를 위해서는 풍요롭지만,
우리의 탐욕을 위해서는 궁핍한 곳이다.

━━

부염천구소 빈한일신다 富嫌千口少　貧恨一身多
부유한 사람은
천 개의 입도 모자라다고 싫어하며,
가난한 사람은
하나의 몸도 많다고 한탄한다.

- 금강경오가해 -

━━

죽음을 배우라.
그래야 삶을 배울 수 있다.
죽음을 이해하면 삶의 길이 쉬워지기 때문이다.

# 가보지 않은 길

the road not taken

장마비로 인해 산길이 많이 젖어 있다.
오늘은 새로운 길로 접어들어 본다.
가보지 않은 길이다.
갈래길에서 잠시 멈춰 서성거려 보지만 항상 그러하듯
걸어보지 않은 길에 대한 호기심이 고개를 든다.
지금까지 걸어온 길 또한 처음 걸어본 길이었고
남은 길 또한 어쩔 수 없이 가보지 않은 길이다.
보이는 길이 여러 갈래일지라도
선택하여 갈 수 있는 길은 하나뿐이고,
멀리 보이는 길도 아닌 것을 어찌하랴!
다른 길에 대한 후회 혹은 걷기 시작한 길의 기대감은

어쩌면 순진스러운 감상일런지도 모르겠다.
단지 들어선 길에 대한 두려움보다는
기대에 대한 설렘이 나를 재촉하였을 것이다.

하지만 죽음의 길을 배워 이해를 하면
삶의 길이 쉬워지 듯, 이 길의 끝과 저 길의 끝이 이어져
하나로 되는 것을 은근히 바라 본다.
즉 태어남은 곧 죽음을 동반하고生者必滅
만남은 곧 이별을 이야기하듯이會者定離
삶과 죽음이 결코 둘이 아님을 아는 순간
두려움과 설렘의 마음은 고요함으로 찾아오리라.

죽음이란 살아있는 자에게만 주어지는
아주 비밀스런 특권이니 말이다.

諸行無常 是生滅法 生滅滅已 寂滅爲樂
제행무상 시생멸법 생멸멸이 적멸위락
세상 모든 것이 덧없으니 그 것은 나고 죽는 이치이다.
나고 죽음이 없어지면 고요하고 쉬어 즐거움이 되려니!

- 열반경 중에서 -

욕망에서 벗어나 내가 내가 아니면
내가 바로 너이고 우주이고 허공이다.
그러면 혼자 있어도 혼자이고 같이 있어도 혼자이고
온 우주가 홀로 드러난다

# 무소의 뿔처럼
# 혼자서 가라
wander alone like a rhinoceros

서로 사랑하는 사람에게는 사랑과 그리움이 생긴다.
사랑과 그리움에는 괴로움이 따른다.
사랑과 그리움에서 괴로움이 생기는 줄 알고
무소의 뿔처럼 혼자서 가라.

숲속의 사슴이 마음대로 먹이를 찾아다니 듯
지혜로운 사람은 독립과 자유를 찾아
무소의 뿔처럼 혼자서 가라.

사방으로 돌아다니며 남을 해치려는 생각없이
무엇에든지 만족할 줄 알고

온갖 고난을 이겨 두려움없이
무소의 뿔처럼 혼자서 가라.

욕망은 실로 그 빛깔이 곱고 달콤하며 흥을 돋우고
여러 가지로 마음을 흐트러지게 한다.
욕망의 대상에는 이러한 우환이 있다는 것을 알고
무소의 뿔처럼 혼자서 가라.

욕망이 내게는 재앙이며 종기이고 화다.
병이고 화살이고 공포다.
이렇듯 모든 욕망의 대상에는 두려움이 있다.
이것을 알고 무소의 뿔처럼 혼자서 가라.

탐내지 말고 속이지 말며
갈망하지 말고 남의 덕을 가리지도 말며
미혹과 혼탁을 버리고
세상의 온갖 애착에서 벗어나
무소의 뿔처럼 혼자서 가라.

소리에 놀라지 않는 사자처럼
그물에 걸리지 않는 바람처럼
흙탕물에 더럽혀지지 않는 연꽃처럼

- Sutta Nipata 中에서

행복은 어디로부터 오는 것도 아니요,
찾아지는 것도 아니요,
단지 알아차리는 것이다.

# 산딸기와 산수국

raspberry & hydrangea

발걸음이 저절로 그늘로 옮겨지는 뜨거운 햇살이다.
며칠 다녀온 밀양의 숲속에서는 산딸기가 한창이었고
돌아온 제주의 숲속은 산수국의 향연으로 넘쳐난다.
절을 가득 채웠던 철쭉이 초라한 모습으로 변해가면서
또 다른 색깔이 '족은 노꼬메' 오솔길에 가득하다.
오솔길에 산수국이 모든 것의 시작과 끝이 있음을 알려주고
그럼으로써 지금 시절의 소중함을 일깨워 준다.
또한 해와 달이 허공을 돌면서
'내가 어디에서 와서 어디로 간다'고 생각을 하지 않듯이,
분별하는 마음을 끄집어 내어 일부러 산란해 할 필요가 없다.
행복이란 그렇게 하나씩 버려지는 것으로부터 얻어지는 것이며,

하나씩 알아차리는 지혜로부터 얻어지는 것이며,
하나씩 들뜬 마음을 저 깊숙한 물 속에
침잠시킴으로써 얻어지는 것이며,
하나씩 파도치는 즐거움을 잠재우는 곳으로부터 얻어지는 것이며,
무엇을 하든 마음이 잠을 자는 듯
고요함 속에서 슬며시 찾아드는 것이다.

무심無心속에서의 행복이다.


———

그대
행복을 쫓고 있는 동안은
그대는 아직 진정으로 행복할 수 있을 만큼 성숙하지 못했다.
비록 가장 사랑하는 것이 그대 것일지라도...
그대
잃어버린 것들을 슬퍼하고
많은 목표를 추구하면서 초조해하는 동안은
그대는 아직
참된 평화가 무엇인지 모르는 채 살아가리라.
그대 모든 소망버리고
어떤 목표도 욕망도 모르는 채, 행복 따위는 입에 담지 않게 될 때,
그때 비로소 이세상의 모든 흐름이 그대 마음을 괴롭히지 않게 되고
그대 영혼은 진정 평화로우리라.

- 헤르만 헤세의 행복 -

———

어느 사람은 자유 속에서 속박을 느끼고
어느 사람은 속박 속에서 자유와 편안함을 느낀다.
습관된 의식이 만들어내는 환상이다.


# 소들의 해방과 자유

bandage & freedom


인도 기원정사에서 좀 떨어진 곳에 한국템플이 있다.
내가 머물던 스라바스티라는 곳이다.
이 자그마한 도시에는 주인없는 소들이 너무 많다.
새벽에도, 저녁에도 하루종일 먹이를 찾아 돌아다닌다.
어느 날 아침 템플 정문 앞에서
한 마리 작은 소가 제대로 먹지를 못하였는지 잘 걷지를 못한다.
다른 소들은 다 먹이를 찾아 길을 재촉하건만
유독 한 마리의 소가 걷지 못하는 소의 곁에 머문다.
걷지 못하는 소를 끊임없이 핥아주고 있지만,
작은 소는 한 발자국 떼기가 힘드나 보다.
이 소들은 속박에서 벗어난 자유로운 소인가?

아니면 자유를 빙자한 일종의 고려장인가?
여러 가지 마음으로 지켜보다 너무 안타까워
그냥 고개를 돌리고 템플 안으로 돌아와 버렸다.
눈물없는 슬픔이 가슴 속으로 흐른다.
모래집이 무너져 슬퍼하는 어린아이의 마음을 닮았다.
어떤 형태의 삶이건 고달프고 고생스러운 것이지만
어느 것이 옳고, 어느 것이 그른 것인가?
각자의 개념이 만들어내는 선악과 시비의 오류이다.
꿈이고 환상이고 물방울같고
그림자와 이슬과 번개와 같은 것이거늘…

- 2016년 여름 인도에서

━━━━━━

악마 파아퍼만이 말했다.
자녀가 있는 이는 자녀로 인해 기뻐하고
소를 가진 이는 소로 인해 기뻐한다.
집착으로 인해 기쁨이 생기는 법,
집착할 데가 없는 사람은 기뻐할 것도 없다.
부처가 말했다.
자녀가 있는 이는 자녀로 인해 근심하고,
소를 가진 이는 소로 인해 근심한다.
집착으로 인해 근심이 생기는 법
집착할 것 없는 사람은 근심할 것도 없다.

- 숫타니파타 -

5 happiness

2023년 봄

원숭이의 마음 · 넉넉하고 조촐한 살림살이 · 비우고 또 비우는 지혜 · 마음의 헐떡거림을 쉬게 하라 · 그냥 들어주세요 · 천일기도를 마무리하며 · 두려움 과 함께하는 위대한 모험 · 고사리 명상과 에고 · 아제아제 바라아제 바라승아 제 · 원인과 결과는 찰나생 찰나멸 刹那生 刹那滅 · 잃어버린 나를 찾아서 · 하이 파이브 · 귀머거리와 벙어리 · 천방지축의 마음 · 소소한 깨침의 즐거움

응무소주 이생기심應無所住 而生其心
집착하면 바로 어긋난다. 머물렀던 마음이 번뇌이다.
머문 바 없이 마음을 내라.

# 원숭이의 마음
monkey mind

벌써 숲속에는 녹음이 한창이다.
갓 태어났던 잎들이 이젠 제법
성년으로 변해가는 아주 건강한 색깔이다.
햇빛과 어우러진 초록색의 숲속은
하얀 꽃의 산딸나무와 새들의 소리와 어울려
온 공간이 교복을 입은 여고생의 모습처럼
발랄함이 가득하고 싱그럽다.
그런 오솔길을 걷고, 그런 숲속에서
나는 어린아이처럼 자연을 호흡한다.
그런 시간들 덕분에 원숭이처럼 날뛰던
망상의 마음들이 고요히 잦아든다.

monkey mind !

생각들이 금방 어디론가 도망가고, 어디선가 뜬금없이 나타나고
또 문득 사라질 것이라는 것을 안다.
오고가는 것에 잔잔해지는 것을 배운다.
며칠 후면 산수국들이 내가 다니는 길에
하늘의 별처럼 가득할 것이다.
같은 만남인 것 같지만 또 다른 만남이다.
그렇게 슬며시 다가섰다간 소리없이 물러난다.
그들 또한 조용히 그들의 몫을 할 뿐이고
나 또한 소리없이 내 역할을 할 뿐이다.
그러니 생로병사生老病死요, 사물은 성주괴공成住壞空이며
마음은 생주이멸生住異滅이다.
자연과 모든 인연은 이렇게 모두 함께
이 순간 향연의 주인공들이다.

---

우리는 아픔을 아는 데서 삶의 의미를 깨닫기 시작한다.
아픔을 알기 시작하는 것은 축복이요,
또한 깨달음을 향한 발걸음을 시작할 수 있다.
괴로움을 아는 자만이 누릴 수 있는 특권이다.

- 어느 글에서 -

---

부숴지고 벗겨지고 비워지고
조촐하고 넉넉한 살림살이가 아늑하다.


# 넉넉하고 조촐한
# 살림살이
snug but enough living


이 곳은 이제야 철쭉이 피어오르기 시작한다.
제주도라 할지라도 중간산 지역이라 조금은 늦게 피나보다.
철쭉이 지나야 수국이 오려는지,
수국은 몽우리만 살포시 올라왔다.
마음 상하는 일과로 하루하루 지쳐 살아갔던 지난 세월 속에서는
이런 꽃들의 잔치조차 무심코 지나갔지만,
이제는 고개를 들어 하늘을 보고
허리를 낮추어 이름 모르는 꽃들과 대화를 한다.
사람들과의 새로운 인연은 드물고
몰랐던 풀꽃과의 인연이 한가득이다.
새로운 인연보다 잊혀지는 인연이 훨씬 많지만

비워지는 공간은 오히려 편안하다.
누구에게 잘 보이려 애쓰지 않아도
혼자서도 마음의 넉넉함으로 하루가 허허롭다.
하나씩 부서지고 벗겨지고 비워지는
조촐하지만 마음의 넉넉한 살림살이에
하루가 잔잔한 호수처럼 아늑하다.
그렇게 삼라만상이 우주의 근원이며,
내 마음의 본성인 것을 알아간다.
단지 바깥으로 나타나는 모양과 성품
그리고 작용이 다를 뿐이다.


━━━


오동나무로 만든 악기는
천년을 묵어도 자기 곡조를 간직하고,
매화는 일생을 추워도 그 향을 팔지 않는다.
달은 천 번을 이지러져도 본바탕은 변치 않으며,
버드나무 가지는 백 번 꺾여도
새 가지가 돋아난다.

- 신흠 -

━━━

항상 마음이 평안하고 고요하면 따로 도를 구할 필요가 없다.
도라는 것이 바로 평상심을 구하는 것이다.
참 쉬운 것 같으면서 어렵다.


# 비우고 또
# 비우는 지혜
empty & clear your mind


편도표를 끊고 출발한 기차는 어느덧
각자의 종착역을 향한 지 시간이 제법 흘렀다.
빈 좌석들이 듬성듬성 있는 것을 보니
그들의 종착역은 지나쳐 버렸나 보다.
자리에 앉아 있는 것이 불안하여 올려진 짐을
다시 머리에 이고 가슴에 안고 목적지까지 기차 안에서
서성이는 어리석은 인간의 모습이 서글픔으로 다가선다.
그토록 쌓고 쌓은 지식들은 향기없는 꽃처럼
지혜로움으로 변하지 못해 그냥 서고에 처박혀 있다.
옛말에
"아무리 많이 들어 안다고 하더라도

되새겨 실천하지 않으면 아는 것이 없는 것과 같다"라는 이야기는
"먹는 이야기를 아무리 해도 실제로
배가 부르지 않는 것과 같은 이치이다"라는 말처럼,
아는 지식과 실천의 지혜는 아주 멀리 있다.
마음을 비우고 비우는 실천의 도구로 사용될 때
비로소 지혜로 탈바꿈되는 맛을 느낄 수 있으리라.
비우는 것은 머리 속의 생각이
참된 진실이 아니라는 사실을 이해하고
생각의 곡예일 뿐이라는 것을 자각하면 된다.

그렇게 비우고 또 비우고
그러면 나비처럼 가벼운 마음 짓으로 살아간다.

도불용수 단막오염 道不用修 但莫汚染
도는 닦을 것이 없으니 물들지만 말라!

그저 꾸밈이 없고, 옳고 그름이 없고,
취하고 버림이 없고, 한결 같아서 끊김이 없고,
속됨도 없으며 성스러움도 없는
항상 평안하고 고요한 평상심平常心이
바로 도道이다.

- 조주 스님의 어록 -

한번씩 찾아오는 바깥의 인연들을 쉬게 하고,
외로움의 고요 속으로 스며드는 것도 괜찮다.


# 마음의 헐떡거림을
# 쉬게 하라

taking down the gasping mind


부처님오신날이 며칠 남지 않았다.

처리해야 할 일이 많아지고

많은 인연들이 오고가니 번거로움이 불쑥불쑥 올라온다.

살아가다보면 예상하지 못한 많은 일이 휘몰아쳐

예측하지 못한 경로로 우리를 몰고가면

휩쓸리는 많은 일들이 침잔되지 않은 마음과 함께

그렇게도 쉼도 없이 헐떡거린다.

가난해졌던 마음이 어느새 고개를 들어 이곳저곳을 기웃거리듯

'내 뜻대로 마옵시고 당신 뜻대로…'라는 예수의 독백처럼,

나의 뜻을 비우는 것을 잊었나 보다.

'나의 나라는 가고 당신의 나라가 임하게 하소서'를

기도하는 아름다운 마음을 잃어버렸나 보다.
내려 놓아 마음을 비우라는 방하착의 교훈이
어느새 먼 추억 속으로 사라졌나 보다.
外息諸緣 內心無喘 외식제연 내심무천
'밖으로는 모든 인연을 쉬고, 안으로는 마음의 헐떡임을 없게 하라'는
육조단경에서의 말씀도 까마득하다.
집착하고 분별하기를 좋아하는 마음이 움직이면
거기에 매달려 노예가 되는 습習이 끈질기다.
하지만 문득문득 지켜보는 마음이
헐떡거리는 망심을 차분히 추슬러주면,
그렇게 조금씩 쉬는 마음들이 모아지고 나면,
언젠가는 자유로운 영혼이 되리라.
그러면 삶의 실체와 죽음의 실체와 어울려
한 덩어리 되는 순간을 맞이할 수 있을 것이다.

위대한 종교들이 끝없이 설교하고,
위대한 학자들이 수없이 들춰내고,
아름다운 언어와 멋진 포지의 좋은 책이 많지만
모든 인간은 여전히 설명이 불가능한
위대한 신비 앞에 서 있을 뿐이다.

- 인디언 추장 -

똑똑해지면 나와 타인의 마음이 다치고,
바보처럼 살다보면 타인은 괜찮지만 나의 마음을 다치고,
바보로 사는 것은 나와 타인이 상처가 되지 않는 슬기로움이다.

# 그냥 들어주세요

please hear me out

이곳 제주도 절에 온 지도 4년이 되어간다.
이 곳에서 만난 인연들에게 좋은 기억으로 남길 원하지만
할 수 있는 일이란 정성을 드릴 뿐이다.
그들에게 멋있는 이야기를 들려주는 것보다는
그들의 애환을 분별없이 들어주고 공감할 뿐이다.
삶이 마무리되는 그 순간까지
마음이 비워지고 공간이 넓어져서
애환의 이야기들을 한없이 들어주는
그런 현명한 바보가 되었으면 좋겠다.
들어준다는 것은 또 하나의 자기를 비우는 방법이다.

당신에게 무언가를 고백할 때,

그리고 곧바로 당신이 충고를 하기 시작할 때,

그것은 내가 원하는 것이 아닙니다

당신에게 무언가를 고백할 때,

내가 그렇게 생각하면 안되는 이유를

당신이 말하기 시작할 때,

그 순간 당신은 내 감정을 무시한 것입니다

당신에게 무언가를 고백할 때,

내 문제를 해결하기 위해

당신이 진정으로 무언가를 해야겠다고 느낀다면,

이상하겠지만 그런 것은 아무런 도움이 되지 못합니다.

기도가 사람들에게 도움을 주는 것은

아마 그런 이유 때문이겠지요.

왜냐하면

하나님은 언제나 침묵하시고 어떤 충고도 하지 않으시며

일을 직접 해결해 주려고도 하지 않으시니까요.

하나님은 다만 우리의 기도를 말없이 듣고 계실 뿐,

우리 스스로 해결하기를 믿으실 뿐이지요.

그러니 부탁입니다.

침묵 속에서 내 말에 귀 기울여 주세요.

만일 말하고 싶다면,

당신의 차례가 올 때까지 기다려 주세요.

그러면 내가 당신의 말을

귀 기울여 들을 것을 약속합니다.

- 들어주세요 / 작자 미상 -

정성스런 축원으로
모든 인연들이 평화로워졌으면 좋겠다.


# 천일기도를
# 마무리하며
devotions for one thousand days


금년은 윤달이 있어서
천일기도 회향과 예수재를 겸한 행사를 하였다.
금생에서의 인연들을 위해 축원하는 자리였고
또한 이생에 계신 분들을 위한 축원도 함께하는 자리였다.
많은 신도분들이 식구들, 친척들 그리고 고인들을 위하여
나름대로의 정성으로 이날을 맞이하였다.
의식이 진행되는 동안 나는 자리를 뜰 수 없었다.
나에게 비추어지는 신도분들 모습 하나하나가
어느 땐 내 눈가에 물기를 머물게 하고
어느 땐 입언저리가 올라가는 이쁜 마음들을 보여준다.
금생 그리고 이생의 인연들에 대한 여러가지의 발원들이

정성된 마음만큼 모두 이루어졌으면 좋겠다.
많은 깨달은 이가 이야기하듯, 모든 분들이
살아있는 이순간에 행복하고 평온하였으면 좋겠다.
그런 마음의 평화는 바깥에서 주어지는 것이 아닌
바로 내 안에서 찾아지는 것임을 알았으면 좋겠다.
이쁘고 소박한 마음들이 부처님 계신 곳과
예수님 계신 곳에 까지 다달았으면 좋겠다.
"마음이 곧 부처"라는 말씀과
"하나님의 나라는 너희 안에 있다"라는 말씀처럼…

신에게 무언가를 말하고 요구하는 것보다
마음이 고요해져서 신의 소리를 들었으면 좋겠다.

━

작은 숲속의 원숭이처럼,
밀림의 길들지 않은 사슴처럼, 안절부절 못하는 어린 아기처럼,
눈을 두리번 거리지 말지어다.
두리번 거리는 숲속의 원숭이 같은
마음의 노예가 되지 말지어다.

- 청정도론 중에서 -

━

소치는 사람이 채찍으로 소를 몰아 목장으로 돌아가듯,
늙음과 죽음도 또 그러하네. 사람의 목숨을 끊임없이 몰고가네.
무엇을 울고 무엇을 기뻐하랴!

- 법구경

# 두려움과 함께하는
# 위대한 모험
death is a great adventure

인도 시골에서 생활을 할 때의 일이다.
오랜 시간동안 같이 지낸 '자비'라는 이름의 개가 죽었다.
이곳에선 소유된 개라고 할지라도 묶어놓는 법이 없다.
그냥 들개 마냥 구역을 돌아다닌다.
다른 구역의 개들이 침범하였을 경우엔
다른 동물의 세계와 다름이 없다.
어차피 생존을 위한 싸움만이 있을 뿐이다.
자비 또한 며칠에 한번 정도 보이더니만,
어느날부터 다리를 절기 시작한다.
그러면 먹이 구하기가 쉽지 않아진다.
어느 누구도 도움의 손길을 내밀지 않는다.

그냥 그렇게 흘러갈 뿐이다.
생존경쟁에서 밀려나기 시작하는 신호이다.
하루는 억지로 데려다가 먹여보았지만
돌아다니는 버릇을 버리지 못한다.
나 또한 이곳 인도의 기운이 젖어드는 것인지
무지할 정도의 담담함으로 이 모습들을 지켜본다.
가고오는 것들이, 생기고 없어지는 것들이,
피고 지는 것들이, 그냥 소소히 지나가는 것인 즉
단지 마음이 일으키는 만가지 병이려니 한다.
오늘 새벽에는 거의 죽음에 가까운 모습으로
고향으로 돌아와 내 곁에 누웠다.
가쁜 숨을 몰아쉬는 자비에게
마지막으로 어루만져주는 나라도 있으니 다행이다.
뜨거운 햇살로부터 그늘로 옮겨 마지막 숨을
고를 수 있게 해주는 내가 있으니 다행이다.
오랜 세월 동안 지낸 이곳으로 돌아와
내 손으로 묻어줄 수 있으니 다행이었다.

그렇게 또 한 인연이 갔다.
산은 높고 바다는 깊으며
해가 뜨니 달이 진다.

죽음이란 또 하나의 위대한 모험이야!
대부분의 사람들은 위대한 모험보다는
오래 사는 것과 풍요로운 물질을 선택하지.
이유는 인간들이란
꼭 자신에게 이롭지 못한 것을 선택하는
나쁜 버릇을 가지고 있기 때문이지.

- 해리포터의 장면 중에서 -

실체가 없는 에고의 굴레에서 벗어나면
개념의 돌덩어리가 먼지가 되어 흩어진다.

# 고사리 명상과
# 에고
fern meditation & ego


오늘따라 바람이 너무 강하여
많은 비행기가 결항하였다.
덕택에 보살님 한 분이 절에 이틀간 머물게 되어
고사리를 따러가는 길에 동참하게 되었다.
살짝 가랑비도 내리는 듯 하였지만
고사리 생각에 작년에 따던 한두 군데를 둘러 보았다.
고사리를 찾아 거닐던 숲속 어느 가지에선
작년에 피었던 마른 잎 몇 개가 끈질기게 바람에 버틴다.
쓸데없이 발버둥쳤던 나의 에고처럼 보여 애잔하다.
그 어디에서도 실체를 찾을 수 없는 에고처럼
모든 번뇌들이 무아無我의 허상임을 슬며시 알려준다.

번뇌는 단절하여 없애는 것이 아니라
보다듬어 더불어 살아가다보면
언젠가는 이해되고 스스로 녹아든다는
진실을 조금씩 알아간다.
그렇게 준비한 절 주위에 있는 두릅과 고사리
그리고 산길가에서 캔 부지깽이 나물로
한상을 차리니 임금님의 밥상보다 화려하다.
더군다나 절에서 가까운 곳에서 캐어 낸 달래로 담근 달래김치는
아무에게나 내줄 수 없는 보물스런 맛을 지닌다.
산 속에서의 생활은 아니지만 숲속 생활을
만끽할 수 있는 환경이 절 주위에는 가득하다.
비록 가시덤불에 숨어있는 고사리를 캐던
다리의 상처들이 가끔 따끔거리지만…

오늘도 나는 커다란 배낭을 메고
해변을 따라 걸어가는 선승을 본다.
그 짐이 너무 무거워
그의 발걸음은 마치 분화구 같은 발자국을 만들었다.
그 배낭에는
"나"라고 씌여 있었다.

- 일본 선승 -

가세 가세 저 언덕으로
옷깃 휘날리며 추는 춤사위로 흥 돋으며
휘이 휘이 새가 날듯, 나비가 날듯
텅 비워버린 마음으로…


# 아제아제 바라아제
# 바라승아제
가세 가세 저 언덕을 넘어서


철쭉의 계절이 다시 시작되었다.
철쭉은 색깔이 다양하여 무척 화려하다.
산신각의 철쭉은 벌써 만발하였지만
법당 둘레의 철쭉은 아직 소식이 없다.
부처님 오신 날에 같이 오려나보다.
자연은 자기 차례가 오면 어김없이 찾아오듯이,
사람도 차례가 오면 서서히 준비를 한다.
힌두교에는 인생의 4가지 과정이 있다.
세상에 대한 학습을 열심히 해야 하는
학습기의 시기를 넘으면
가정을 위해 애쓰는 가주기의 기간이 온다.

그렇게 가족과 사회에 봉사를 하고 나면
50세 무렵엔 조용한 곳에 자주 머무르는 임서기가 지나고,
75세가 되면 자연으로 돌아가기 위해 모든 것을 버리고,
세상을 유랑하는 유행기를 맞이한다.

모세 율법의 핵심 또한 안식일과 안식년
그리고 50년의 희년 제도이다.
더군다나 희년은 하느님이 세상 모든 것의
주인임을 고백하는 신앙으로,
50년째가 되는 해에는 소유를 내려놓고
처음 출발로 되돌아가는 것이다.

그러하듯 사람 또한 자연으로 돌아가는 길에서
한치의 오차도 없다.

━━

그대가
모든 것을 잊게 될 시간은
가까이에 있고,
모든 것이 그대를 잊어버리게 될 때도
가까이에 있다.

- 아우렐리우스의 명상록 -

━━

원인과 결과의 법칙은 찰나적으로 생기(生起)한다.
현재의 생각과 행위는 바로 다음 순간의 생각과 행위의 씨앗이다.
예수님께서 부활하신 것처럼
깨달음의 종자가 활짝 피었으면 좋겠다.


# 원인과 결과는
# 찰나생 찰나멸 刹那生 刹那滅

The cause & effect are one


오랜만에 비가 온다.

가뭄이 해결되었으면 좋으련만…

인간 스스로 만들어 놓은 덫에 스스로 갇히는 형국이다.

옛부터 끊임없이 나타나는 성자들의 출현에도 불구하고

인간의 탐욕은 막바지에 이르는 느낌이 들기도 한다.

꽃은 피었건만 나비와 벌이 함께하지 않고,

때 맞춰 내려야 할 비는 현실과 아주 멀찌감치 어긋나 있다.

인간이 만든 문명이라는 것은

이젠 오히려 인간에게 거추장스럽기조차 하다.

사람들은 겹겹이 감싸진 껍질에 이젠 익숙해져서

하나씩 벗겨져 나비처럼 훨훨 나는 모습을 잊어버렸다.

오고가는 망상들이 뜨거운 바위에 떨어지는 눈송이처럼
소리없이 와서 순식간에 사라지는
마음의 움직임이라는 것을 잊어버렸다.
현재는 과거의 원인이 인연을 만나 나타나는 결과이며
또 다른 미래의 종자가 된다는 것을 잊어버렸다.
찰나의 종자는 찰나의 미래를 시시각각 만들어 낸다.
즉 인과의 법칙은 먼 미래의 이야기가 아닌 찰나의 법칙이다.

그렇게 원인과 결과는 찰나적으로 생기生起하고
원인과 결과가 지금 이 찰나에 공존한다.




━━

미래는 존재하지 않고 상상 속에서만 존재한다.
과거 또한 존재하지 않고 기억 속에서만 존재한다.
상상과 기억은 존재하지 않고 단지 마음 속에서만 존재한다.
과거는 더 이상 없고, 미래는 아직 오지 않았다.

━━

제자리로 돌아오는 세월이 지루하지만
그냥 한걸음씩 갈 수밖엔…

# 잃어버린 나를
# 찾아서
looking for my true self

봄이 온 곳에 가득하다.
한동안 숨어 지냈던 살아있는 모든 것들이
또 제 모습을 드러내기 시작을 했다.
가장 먼저 봄을 알렸던 매화와 복수초는
벌써 본인의 역할을 다하였고, 봉우리가 살짝 북쪽을 향해 있는
하얗디 하얀 목련도 이젠 색깔이 바래지고 있다.
그들은 마치 손님처럼 슬며시 내 곁에 머물다간
소식도 없이 물러나는 망상들처럼 손짓해서 오는 것도 아니고,
싫은 표정에 내 곁을 떠나는 것도 아니다.
그들이 머물고 싶은 기간만큼 머물 뿐이다.

지금은 유채와 벚꽃이 만발이고
또 뒤를 이어 수국의 계절도 올 것이다.
새들 또한 자신의 목소리로 텅빈 공간을 채우고
가지들도 봄이 오는 소리에 경기驚起하듯
푸릇푸릇 새싹이 순서도 없이 솟아나서
하늘이 보이지 않도록 낮은 공간을 가득 채울 것이다.
살아 있는 모든 것이 각자만의 노래로 세상을 풍요롭게 하고
남을 흉내낼 줄도 모르고 그저 자신의 삶을 살아간다.
예수께서 "모든 것을 아는 자도 제 스스로를 모르면
아무 것도 모르는 자이다"라고 하셨지만
잃어버린 것 같은 나를 찾으면서 허둥대고
찾지 않으면 잃어버린 채로 허둥대고
찾을 수도 없고, 찾지 않을 수도 없고…

본래 있는 그 자리가 바로 이 자리인 것을 모른다


━━

스님은 스님이고, 속인은 속인이며
기쁘면 웃고, 슬프면 울도다.
잘 살펴보면 육육은 삼십육이니라!
흐름을 따르되 성품을 알면 저마다 평등함이로다.

- 어느 조사록에서 -

━━

즉시현금 갱무시절(卽是現今 更無時節)
지금이 바로 그 때이지
다른 시절이 있지 않다.

- 임제 스님

# 하이 파이브
## Hi Five

좁은 오솔길을 오르내리다 보면 귀가 열린다.
낙엽이 밟히는 소리, 딱다구리의 나무쪼는 소리,
바람에 가지들이 흔들리는 소리, 노루 울음소리,
귀가 열려있는 시간은 넉넉한 여유로움이 가득하다.
홀로 걷고 있는 무료 관객을 위한 협주곡이며,
산 가까이 사는 자의 또 다른 작은 즐거움이다.

인도 유치원의 신입생들과 손을 마주치는 순간의
짜릿함과 비슷하다고나 할까?
그들이 나를 반겨주는 방법은 여러 가지이다.
재학생들은 나와 '하이 파이브'하는 것이 자연스럽지만

신입 꼬마들에겐 낯설다.
선생님의 강요에 의해 억지로 손을 펴주는 아이,
얼굴은 오른쪽으로 돌리고, 손바닥만 왼쪽으로 건내는 아이,
멀리 돌아서 그냥 교실로 들어가는 아이,
나의 얼굴을 보자마자 울음을 터트리는 아이 등등
하지만 손가락 사이에 사탕 한개를 끼우고
'하이 파이브'를 요구하면 80%는 성공한다.
20%는 어쩔 수 없이 시간이 약이다.
그렇게 사랑은 사랑으로 가지를 치고
미움은 미움이라는 가지를 친다.


숲의 오솔길과 유치원 꼬마들과의 행복감처럼,
즐거운 마음이 지속되면 편안한 마음이 되고,
편안함이 지속되면 또한 담백한 마음으로 변하고,
또한 모든 것을 내려다보는 관조의 마음으로 바뀌면
모든 인연들이 스스로가 이미 예수와 부처인 것을 눈치채리라

━━━

인생에 주어진 의무는 다른 아무것도 없다네!
그저 행복하라는 한가지 의무뿐.
우리는 행복하기 위해 세상에 왔지!

- 헤르만 헤세 -

━━━

홀로 다니는 오솔길엔 귀로 듣는 것,
눈으로 보는 것이 한가득이다.

# 귀머거리와 벙어리

deaf & mute

새로운 오름을 오르내리는 길을 알아보려고
좁은 길이 보일 때마다 이 길, 저 길로 다녀본다.
그리 높지 않은 오름이지만 두 개의 오름이 붙어 있고,
사람들이 다니지 않은 오름길이어서, 걷는 오솔길에
가시나무들과 다른 나무 가지들이 걸음걸이를 막아선다.
좋아하는 패딩에 구멍이 생겨버렸지만,
다른 이들을 위하여 가지 자르는 조경가위로
다니는 작은 길의 가시들과 걸리적거리는 가지들을 잘라낸다.
지도에 나오는 오름의 이름과
누군가 만들어놓은 팻말의 이름이 서로 달라
일단 괴오름, 폭낭오름으로 칭하기로 한다.

작은 오솔길이 많아 기웃거릴 수 있는
기회가 많은 것 같아 마음이 부자이다.
그렇게 홀로 다니는 오솔길엔 귀로 듣는 것,
눈으로 보는 것이 한가득이다.
시간이 지나면서 마음으로 듣고 또한 그들과 하나되는 시간이 되면
그저 텅 비는 비움의 세계를 맛본다.
"자기를 속이지 않고 자신의 호불호好不好를 분명히 알아야
내가 좋아하지 않는 것을 남에게도 하지 않고,
내가 좋아하는 것을 남에게도 해줄 수 있다
너희는 남에게서 바라는 대로 남에게 해주어라"
라는 황금률黃金律 golden rule의 성경 구절처럼,
이번 주엔 오름을 좋아하는 이들과 함께
새로운 오름길을 즐겼으면 좋겠다.

▬▬

耳聽如聾이요 口說如啞로다
이청여농이요 구설여아로다

귀로 들어도 귀머거리같고 입으로 말하여도 벙어리와 같도다!

귀로 들어도 들은 것이 없고 입으로 말하여도 한 바가 없으니
시시비비의 분별이 어찌 나겠는가!

- 야부 -

▬▬

새벽바람이 제법 차가웁다.
새벽 종성에 조용했던 절간이 깨어난다.


# 천방지축의 마음

rash mind


오늘이 보름인가 보다.

노랗게 물든 둥그런 새벽달이 도량석 목탁소리와 어울린다.

언제는 그믐인가 싶더니 금방 달이 차고,

또 금방 또 다른 그믐이 온다.

요즘엔 그런 작은 변화에도 감정이 민감하다.

변화되는 것은 없는 것 같고, 그저 같은 일상이 반복되는

안타까운 시간만 흘러가는 것만 같고…

'나'를 찾아나서는 길에서 마주치는 번뇌들로 인해

다시 과거의 '나'로 돌아가려는 습성의 뿌리가 깊다.

"도를 닦는 생소한 일은 익숙해 지도록 하고

익숙한 세속적인 일은 낯설게 해야 한다"는 말씀과 달리,

생소한 것에 익숙해지는 어느 한계점에 서 있다.
출애굽 당시 고기 가마를 그리워하던 유대 사람들,
불타는 소돔성을 잊지 못하고 뒤돌아보던 롯의 아내처럼
우리는 어쩔 수 없이 계속 광야를 헤매거나
소금 기둥으로 남아 있을 수 밖에는 없는 것인가?
처음 이 길을 걷기 시작할 때의
긴장감과 부끄러움은 어디론가 숨어버렸다.
그리고 '나'라고 인식하는 마음은
다시 옛날의 천방지축이 되어가는 것만 같다.
억지로 내 곁에 두려고 하면 어느새 줄행랑이다.
어떻게 이 놈으로부터 항복을 받을 수 있을까?
예수를 3번씩이나 배반한 가룟 유다 또한
망나니의 마음을 항복받지 못했으리라.
그는 결국 처절하게 울부짖을 수 밖엔 없었다.
묶어 놓을 수도 없는 그 놈은 스스로 다가오는 경우도 없지만
다행히 부를 때마다 다가온다.
오늘은 침잔되지 않은 마음으로 많은 생각들이 오고 간다.

━━━━━

우리는 묶고 묶이는 큰 짐을 크고 넓은 '한데'에다 다 실리고
홀가분한 몸으로 놀며 가야 할 것이다.
그리고 종당에는 이 몸까지도 벗어 버려야 한다.
다 벗어버리고 홀가분한 몸이 되어 빈탕한 데로 날아가야 한다.

- 다석 유영모 -

작은 감동부터 시작을 하여
감동에서 인연된 작은 깨침들을 순간순간 기억하고
그 기억들이 습習이 되는 시간을 갖자.

# 소소한 깨침의
# 즐거움
a pleasure of small awakenings

어제 새벽기도를 위해 법당으로 가는 길에
문득 별들의 반짝임에 잠시 발걸음을 멈추었다.
정말 오랜만에 보는 밤하늘 별들의 반짝임이다.
오래 전 안나푸르나 봉을 오르면서 쉬는 롯지에서
하늘을 가득 채웠던 별들의 잔치가 떠올랐다.
그렇게 하늘은 작은 별들로 가득 채워지고
작은 별들은 그 속에서 성주괴멸成住壞空 즉
죽음과 부활로써 우주의 시간을 써 내려간다.
어쩌면 우리 마음 속에서 지속적으로 일어나는
번뇌의 죽음과 부활과 다를 바 없다.
지금 갖고 있는 삶의 개념과 정의가 무너지고

새로운 개념이 생기는 일상의 죽음과 부활이
바울이 이야기하는 "나는 날마다 죽노라"의 의미와 같다.

우리는 우주와 같은 큰 깨달음은 평생 맛보지 못할 수도 있지만,
작은 별들처럼 매일 혹은 매 순간 아주 작은 깨달음이나마
맛보며 사는 삶 또한 엄청난 희열을 가져다 준다.
작은 별들이 모여 우주를 만들고
각자의 색깔로 하늘을 아름답게 만들 듯
작은 깨침들이 하나, 둘 모여 하늘의 별빛처럼
세상의 아름다움을 만들어나가면 참 좋겠다!

━━━

사소한 오해로 비난하며 돌아서지 않고
오랜 세월을 함께하는 그런 인연이면 좋겠습니다.
같은 눈으로 같은 마음으로 같이 볼 수 있는
그런 인연이면 좋겠습니다.
허물은 가슴 속에 깊이 묻고 언제나 반겨주는
그런 인연이면 좋겠습니다.
무엇을 원하기보다 어떤 것을 주어도 아깝지 않은
그런 인연이면 좋겠습니다.

- 법정 스님 / 이런 인연이면 좋겠습니다 -

━━━

6 happiness

2022~2023년
겨울

안의 마음과 바깥의 마음 · 비워지는 것의 즐거움 · 사십구재와 윤회輪廻 · 산
방산의 유채꽃 · 오고가는 인연들 속에서 · 거친 파도와 연기법 · 꼬마들의 하
얀 도화지 · 새해맞이 · 어느 할매의 천도제 · 육지 나들이 1 · 눈이 오는 날 ·
버릴 줄 모르면 죽는다네

아직 겨울이 머물고 있다.
몇 번 더 봄의 맛을 느낄 수 있으려나?
쓸데없는 파도가 툭하니 올라온다.

# 안의 마음과
# 바깥의 마음
inside & outside mind

겨울이 떠날 때가 이르다고 많이 토라져 있나보다.
오름길에도 얼음이 두껍고 찬 바람도 제법이다.
먹이가 많이 모자라는지 노루 몇 마리가
조금 떨어진 곳에서 힐끗힐끗 보면서 사라진다.
늘 밖을 향해 무언가를 찾는 우주의 미아처럼
기웃거리고 두리번거리는 나의 모습과 닮았다.
머무는 곳이 천국일지라도 분별하여 일어나는 생각은 여전하다.
본래 아무 것도 없는 것을 있는 것처럼
만들어 찾느라 기웃거리고 두리번거린다.
안에 있는 마음이 또 다른 마음을 찾고 있다.
그렇게 인과의 사슬을 끊기가 어렵나보다.

슬그머니 몇년 전 인도에서의 하루생활이 떠오른다.
머물렀던 방에는 지붕 벽에 붙어 있는
커다란 선풍기가 유일하다.
하지만 윙윙거리는 선풍기조차 전기가 들어올 때만 돌아간다.
밤에 열어 놓은 창문을 아침 8시에는 닫아야 한다.
엄청 더운 열기가 들어오기 시작하는 시간이다.
바깥의 온도는 서서히 40도를 향해 올라가고 있고
아직 방안은 34도를 유지하기 때문이다.
그리고 햇빛이 들어올 수 있는 곳은
은박지 및 기타 방법으로 차단한다.
아침의 기운이 오래갈 수 있도록
작은 방의 문들을 꼭꼭 닫아야 한다.
습도가 낮고 온도가 높은 지역에서 사람들은
오히려 살갗을 감추고 사는 지혜를 이해한다.
기온은 43도, 습도가 15% 정도면 대화 중에도 입술이 마른다.
6월 중순까지는 어쩔 수 없다
이러한 주어진 환경 속에서 주어진 조건들로 밤과 낮이 넘어간다.
바깥에서 마음이 평온할 수 있는 조건을 찾을 수 없다.
그런 생각조차 사치스럽다.
삶은 살아있는 동안의 과정이며, 행복 또는 불행과 연관은 없다.
그냥 그런 관념조차 모르고 여유로이 살고 있는
시골 한적한 무슬림 마을의 아낙네에게
한없이 부끄러워지는 어느 하루의 연속이다.

물 가운데서 달을 건지고
거울 속에서 얼굴을 찾는다.
물에 빠진 칼을 배에 표시하고 소를 타고 소를 찾는다.
허공꽃과 아지랑이와 같고 꿈과 환영과 물거품이로다.
천한 노래와 막걸리와 시골의 즐거움들이
풍류가 없어도 저절로 풍요롭다.

- 금강경오가해 -

옳고 그르고 하는 마음是非之心이 엷어지고,
주인과 객이라는 마음能所之心이 사라지기 시작하면
부처를 보기 시작한다.

# 비워지는 것의
# 즐거움
the pleasure of empty

절간이든 속세이든 인연이 꼬리에 꼬리를 물고
연결된 관계 속에서 삶을 살아간다.
인연으로 인한 번거로움도 있지만
한편으로는 한 수 배우는 시간이기도 하다.
내가 지금 얼마나 비워 있는지를
인연으로 인하여 쉽게 알 수 있기 때문이다.
손녀는 비워져 있는 할배의
넓디 넓은 마음마당에서 마음껏 뛰어놀고,
숲 속의 향기 또한 느끼고자 하는
텅 빈 마음 속으로 진득하게 스며들고,
인연 또한 비워져 있는 것 만큼 다가서고

채워져 있는 만큼 물러선다.

이제는 하나하나 내려놓아 마음의 공간을 만들어야 한다.

그래야 나를 잊어가는 사람들에 익숙해지고

잊혀지지 않으려는 몸부림에서 물러설 수 있다.

소중했던 것들로부터 소외되는 즐거움을 맛볼 수 있으며

거둬들이고 모으는 즐거움의 속박에서 벗어날 수 있다.

옳고 그르고, 이쁘고 미운 개념들이 부서지는 것이다.

딱딱했던 분별하는 의식들이 먼지가 되는 과정이다.

분별하는 마음은 빈 통에 쓰레기를 채우는 역할을 한다.

어느 땐 채워져 있는 것 중 유리조각처럼

날카로운 것이 있어 스스로 다치기도 하고

타인에게 상처를 입히기도 한다는 것에 눈을 떠야 한다.

오르고 내리는 감성의 파고가 작아지는 것은 비움의 시작이다.

그렇게 마음에서 일어나는 느낌들이

밀려왔다 밀려가는 것을 지켜봐야 한다.

그 느낌들을 통제하려는 순간 고통이 시작되고 지쳐 버리게 된다.

집착하거나 기대하는 것은 분노를 유발할 뿐이기 때문이다.

━━━

損之又損 손지우손　以至於無爲 이지어무위
無爲而無不爲 무위이무불위비우고

없애고 또 없애 함이 없는 지경에 이르십시오
함이 없는 지경에 이르면 되지 않는 일이 없습니다.

- 공자 -

시끌벅적하더라도 나름의 법칙이 있다.
그 원칙을 벗어날 재간이 없다.
세상살이가 다 그러하다.

# 사십구재와
## 윤회輪廻
49th day memorial & samsara

입춘기도와 정월대보름기도를 마치고 나니
이번 주말엔 49재 마지막 재가 기다리고 있다.
아무래도 절에 머무르다 보니
임종을 맞이하시는 분이나 영가와 가까이 하는 기회가 많다.
어느 때는 위로의 말씀조차 드리는 것이
사치스러워 그냥 합장만 하고 만다.
그런 고통과 슬픔, 절망 그리고 아쉬움의 시간 속에서도
여전히 인생은 흥미롭고 의미있음을 느껴본다.
그러한 고통이 없다면 삶은 매우 피상적이고
권태로울 것이기 때문이다.
다만 고통을 겪는 과정 속에서의 마음이다.

자그마한 깨달음의 마음이 모아지면
이 세상도, 저 세상도, 지옥도, 천국도
삶도, 죽음도 하나의 새끼줄로
꼬여지는 직관의 느낌이 있으리라!
이 세상이 아무리 시끌벅적하더라도
그 속에 존재하는 큰 질서는 결코 흐트러짐이 없기 때문이다.
어느 글에서처럼
갖고 태어난 성품에 욕심이라는 물로 축이고,
어리석음으로 덮개를 만들어
결국 의식이라는 씨앗이 나의 죽음 뒤에서
또 다른 싹을 내게 하는 윤회의 모양으로 우린 돌고 돈다.
변하지 않는 것이 없다는 무상無常과
본체가 존재하지 않는다는 무아無我의 논리다.


━━

마음을 고향으로 이끌어, 마음을 내려놓고,
그리고 마음을 쉬게 하자.
철썩철썩 출렁이는 파도의 한없는 분노같은 까르마와
신경질적인 생각에 한없이 두들겨맞아
지쳐버린 이 마음을...

- 티벳 어느 책 중에 -

━━

세상은 천 개 만 개의 견해와 모양이 틀릴 뿐이다.
뭐 그리 헤아릴 일이 있겠는가!
마음의 주인이라는 견해도 쓸데없다.


# 산방산의 유채꽃
rape blossoms in jeju


돌고도는 세월이 아쉬운 요즘의 시간 속에서
또 같은 듯 다른 모습으로 봄이 다가 선다.
내일 모레는 입춘立春이다.
봄을 알리는 산방산 부근의 유채꽃이 사람을 반긴다.
봄의 냄새도, 유채꽃의 느낌도, 그리고 관광객들조차
내 곁에 찾아왔던 그들이 아니고,
나 또한 지나간 세월 속의 내가 아니지만
우리는 같은 듯 다른 모습으로 또 다른 봄의 향기를 느낀다.

그렇게 순간 순간은 과거로 내몰리고
새로운 순간이 미래로부터 성큼성큼 다가선다.

그런 순간들이 엮어져서
새로운 생명으로 거듭나는 아름다움을 일깨워주며
같은 듯 다른 모습으로 만물은 자리바꿈을 한다.
논어의 글귀처럼
물처럼 아무리 높은 곳에서 떨어져도
돌이나 쇠처럼 깨지지 않고,
모든 것에 대하여 부드러운 성품으로
모든 장애물에 대하여 스스로 굽어지고 휘어져
흐르는 세월에 맞추어 바다에 이른다.
굽어지고 휘어지는 불편함에 애써 마음 둘 필요가 없다.
굽어지는 것은 굽어진 대로,
휘어진 것은 휘어진 대로,
여여하게 바라보는 마음의 주인이 있으면 된다.

시작은 끝이 없음이요,

끝남도 끝이 없음이라,

마음의 주인이 되면

조금의 파동조차 느끼지 못한 고요함의 시간이 온다.

금으로 만든 천 개의 그릇이 모두 금일 뿐이요.

하나의 향이 만 조각이 나더라도 향일 뿐이다.

하나의 진리에 만 개의 견해가 있을 뿐이다.

그저 그럴 뿐…




물 속에는 물만 있는 것이 아니다.

하늘에는 그 하늘만 있는 것이 아니다.

그리고 내 안에는 나만이 있는 것이 아니다.

내 안에 있는 이여!

내 안에서 나를 흔드는 이여!

물처럼 하늘처럼 내 깊은 곳 흘러서 은밀한 내 꿈과 만나는 이여!

그대가 곁에 있어도 나는 그대가 그립다.

- 어느 시인 -

오고가는 것은 언제나 일어나는 것이건만
감정의 부침 또한 꼬리가 참 길다.
그래서 슬픈 자화상이라 했던가?

# 오고가는
# 인연들 속에서
in the relations who come in & out

어제부터 내리기 시작한 눈이 오늘 아침에는
눈발이 점점 거세지더니 온 하늘을 가득 채운다.
바람이 휘몰아칠 때면 이미 내린 눈과 더불어
하늘로 치솟기도 하고 숲속으로 달아나기도 한다.
강한 비바람과 눈으로 하늘과 바다가 막히는 바람에
구정 때 내려온 인연들의 발도 아직 절에 머문다.
그렇게 긴 세월동안 맺어온 인연들이 각각의 모습으로
다가와서 머물다간 남은 세월의 삶을 위해 또 떠날 것이다.
내 곁에 존재하고 있는 모든 것조차도
인과 관계 속에서 나타났다 인과의 물결을 타고
내 곁에서 사라지는 마음의 흐름일 뿐일텐데,

그들이 머무는 시간 동안 많은 감정들이
올라왔다가 슬며시 사라지고,
그 중 어느 것은 뿌리가 깊은지 오래 머문다.
물밀듯 다가서고 또 썰물처럼 빠져나가 버리고나면
갑자기 텅 비어버린 공허함이 한동안 머물겠지만…
그것 또한 어제의 것이 아니요, 내일의 그것이 아닐 것이다.
그저 시간이라는 개념 속에서 잠시 머무는 객홈일 뿐…
그렇게 刹那生 刹那滅 찰나생 찰나멸을
반복하며 흐름을 이어간다
오고감이 항상이건만 아직 세간의 미련과 범벅된다.
지독한 망상은 항상 꼬리가 길다.

———

踏雪野中去  답설야중거
不須胡亂行  불수호란행
今日我行跡  금일아행적
遂作後人程  수작후인정

눈 내린 들판을 걸어갈 때에는
모름지기 그 발걸음을 어지러이 걷지마라.
오늘 걷는 나의 발자국은
반드시 뒷사람의 이정표가 될 것이니…

———

생로병사를 넘지 못할 바엔 같이 뒹굴며 놀 수 밖엔 없다.
그들의 노예가 아닌 주인으로써 말이다.


# 거친 파도와
# 연기법

big waves & the causal law


이틀 넘게 비가 오더니만 오늘은 무척 바람이 세다.
오늘은 하늘도 젖어있고 둘레길도 젖어 있어
오랜만에 바닷가로 나가본다.
멀리서 다가오는 파도가
바위와 겹쳐지며 흰 포말을 만들어내며 반긴다.
분을 이기지 못한 그 놈의 분노는 끊임없이 오고간다.
어쩌면 성난 파도 또한 잠시 만난 인연과의 흐름으로
오늘은 그런 모습으로 표현되었으리라.
또 다른 시간이 오면 잠잠해지는 인연의 시간을 만나면
잔잔한 푸른 달빛을 만날 것이다.
그렇게 인연에 스스로 옭아매는 어리석음에서 멀리 달아나겠지.

성난 파도와 더불어 하는 시간이 좋은 것은
번잡스러움에 도통 길들여지지 않는 성격 때문인가보다.
어쩌면 태생적으로 내 속에 있는 나를 만나고
그들과 같이 외로워하는 즐거움이 좋다.
그 고독 속에서는 나와 내가 만나고, 꽃과 꽃들이 섞이고
나와 내가 섞여버리는 시간이 좋다.
내 의식이라 불리는 마음이 유희하고 노는 것을
바라보는 순간이 재미있나 보다.
내 안에 성령이 임하시어
내 스스로 하나님의 자식임을 깨닫는 순간이다.
오늘은 내 안의 부처와 내 안의 하느님과 함께
신나게 한판 춤이나 춰야겠다.

아함경의 글처럼
신이 이 세상에 보내준 세 명의 천사인 늙어가고老 병들고病
어쩔 수 없이 찾아오는 죽음死과 신나게 한판 놀아야겠다.
그리하여 내가 누구인지 알아야 한다.


￼

고통은 언제나 기쁨과 함께 하며, 외로움은 평안함과 함께 한다.
단지 어느 하나에 몰입되지 말고, 어느 하나의 노예가 되지말라.
하나가 영원히 지속되는 경우는 없다.
빛과 그림자의 인연처럼...

- 틱낫한 스님 -

다시 하얀 도화지의 세계로 돌아갈 수 있는 방법은 없을까?
오늘도 그냥 기웃기웃 거리기만 할 뿐…

# 꼬마들의
# 하얀 도화지
the white drawing paper of children

내가 있는 템플에는 3학급의 작은 학교가 있다.
물론 인도 현지의 NGO와 함께 운영한다.
4~5세, 5~6세, 6~7세 한반에 약 20명
모두 62명의 꼬마 천사들이다.
아침 7시 반에서 8시 사이엔 등교하는 그들과
손 맞추는 것도 나에겐 큰 희열이다.
이젠 굿모닝도 배워서 나를 만나면 무조건 굿모닝이다.
낮에도 물론, 오후에 길거리에서 만나도…
그들의 도화지는 아직 스케치조차 되지 않아
그냥 하얀 도화지이다.
이제부터는 스케치를 하고, 색깔을 칠해 나가기 시작할 것이다.

그냥 그렇게 하얀 도화지로 남아있는 방법은 없을까?
나의 도화지는 이젠 더이상 공간이 남아있질 않다.
하물며 더 이쁜 색깔을 내보려고 자꾸 덧칠하는 바람에
이젠 검정색으로 되어버린 곳이 수두룩이다.
세상은 덧칠하는 방법과 기교를 가르쳐주는 곳은 많은데,
그냥 하얀 도화지를 간직하는 방법을 가르쳐주는 곳이 없다.
모든 문명의 이기들이 몸을 편안하게 해주지만,
인간이 갖고 지녀야할 마음의 애틋함을,
마음의 연민스러움을, 마음의 진정한 그리움을 앗아간다.
이젠 그러한 느낌이 존재하는 것조차 가물가물하다.
점점 희미해져 가는 한때 싱그러웠던 기억들이
오늘은 성큼성큼 나에게 다가선다.

　　　　　　　　- 2016. 9. 20. 인도 기원정사 천축선원에서


━━━

실패는 부질없는 욕심에서 벗어나게 해주어 고맙고,
망각은 어지러운 바람을 잠재우니 고맙고,
이별은 돌아서 눈물지을지언정 서로의 갈 길을 가게 해주니 고맙고,
혼돈은 많은 것 중에서 진정한 것을
골라내는 능력을 길러주니 고맙고,
갈등은 영혼의 모난 부분을
깎아내어 원만케 해주니 고맙고...

　　　　　　　　- 김수용 글 중 -

꼭 해야 할 일과
할 수 있는 일의 차이는 무엇일까?

# 새해맞이
greeting new year

계묘년이다.
검정 토끼의 깔끔한 지혜를 닮아가는 해였으면 좋겠다.
새해 법회를 마치고 제법 눈이 쌓여 있는
오름 중턱의 작은 산길을 걸었다.
아직 녹지 않은 눈에 미끄럽기도 하고
어느 땐 길을 잃어 조금 헤매기도 하지만
바로 또 길을 찾아 걷는다.
사람의 인기척이 없어 그냥 호젓해서 좋다.
북쪽을 향한 기슭에는 무릎 높이의 눈이 쌓여있고
남쪽의 기슭에는 눈이 녹아 젖은 낙엽들로 가득하다.
발에 밟히는 눈조각과 낙엽 소리는

아주 작은 것에도 반응하는 마음을 닮았나보다.
소심해서 일어나는 토닥거림의 소리들…
어느 땐 기뻐하고 어느 땐 슬퍼하고, 어느 땐 화를 내고,
어느 땐 짜증내고 하는 까칠한 성품을 아주 많이 닮았다.
그렇게 짧지 않은 시간동안 혼자만의 여유로움은
세상의 일을 하나 둘씩 잊어가는 시간이기도 하다.
또한 내가 세상을 잊어가듯, 세상은 또 나에 대하여
하나 둘 셋 더 빠르게 잊는다.
그리고 잊어가고, 잊혀지는 것에 무디어지고,
오히려 그 속에서의 편안함을 느낀다.

외로움은 어쩌면 편안함이다.


당신이 꼭 어떤 사람이어야만 하는 건 아니다.
당신이 꼭 어떤 일을 해야만 하는 건 아니다.
이 세상에 당신이 꼭 소유해야만 하는 것도 없고
당신이 꼭 알아야만 하는 것도 없다.
정말로 당신이 꼭 무엇이 될 필요는 없다.
하지만 불을 만지면 화상을 입고
비가 내리면 땅이 젖는다는 것쯤은 알 필요가 있을 것이다.
그러면 살아가는데 도움이 될테니까!

- 일본 교토 어느 선원에 걸린 시 / 알 필요가 있는 것 -

오늘 죽는다고 생각하면
그 어떤 상황도 그보다 비극적이진 않다.


# 어느 할매의
# 천도제
memorial celebration of the death


관악산 어느 절에서의 일이다.
천도제를 지내려고 법당에 들어서니
올해 100세에 가까운 보살님 한 분만이 앉아 계신다.
사연인즉 작년에 죽은 딸을 천도하고 싶었단다.
재를 지내는 동안 꺼억꺼억 울음만 삼키신다.
자식이 먼저 세상을 등지면 부모는 죽을 때까지 죄인인가 보다.
천도제가 끝나고 할머니를 업고 차에 태워 절을 나섰다.
시장 골목에 위치한 할머님의 거처를 보는 순간에
생각이 잠깐 멈추었다.
추위를 막기위한 뽁뽁이로 범벅이 된 문과 집안의 냉기와 먼지들
그리고 혼자 누울 정도의 두꺼운 이불과

오래된 전기밥솥이 내 눈에 보이는 전부였다.
그렇게 혼자서 살아가신다.
돌아오는 길에 앞유리창이 뿌예진다.
욱해지는 눈물로 잠시 쉬어야 했다.
어제 장례식장에 다녀왔다. 또 다른 시다림이다.
어린 남매를 놔두고 떠난 43살의 엄마 장례였다.
무엇이 그녀로 하여금 세상을 등지게 하였는지 묻지 않았다.
지금 진행하고 있는 49재 또한 먼저 떠난 아들 앞에서
나이드신 노모는 재를 지내는 동안 눈물만 흘리신다.
어떤 위로의 말을 찾지 못해 합장만 해 드렸다.
모든 사람은 행복을 추구하는 동안에도
내면적으로는 언제나 죽음과 같이 살아가고 있다.
죽음을 아주 가까이 마주하는 순간에
어느 사람은 삶에 애착스럽게 진지해지기도 하지만
어느 사람은 생의 애착을 끊어버린다.
어느 때는 죽음을 기억하는 것은
삶을 진지하게 만드는 긍정의 요소가 되기도 하지만,
어느 때는 현재의 괴로움을 사라지게 하는
환상을 제공하기도 한다.
한번 밖에 없는 죽음이 누구에겐 쉽게,
누구에겐 아주 어렵게 다가선다.
누구에겐 절망이고, 누구에겐 선물이다.

메멘토 모리 *memento mori*

죽음을 기억하라!
오늘 죽는다고 생각하면
그 어떤 상황도 그보다 비극적이진 않다.
죽음으로 한계지워지는 생의 일회성이야말로
생을 진지하게 만들고 생에 집착하게 만들고
또는 삶의 열정을 갖게 만드는 요소이기도 하다.
그것이 바로 죽음이 안겨주는 선물이다.

황혼 속에 빛과 어둠이 같이 존재하고
높이 나는 새와 물 속의 물고기가 같이 노닌다,
모든 것이 상대성이 있다는 것을
아는 지혜가 열리면 바로 해탈이다,


# 육지 나들이 1

a trip to seoul


오랜만에 육지 나들이를 다녀왔다.
일 년에 한 번 정기검진 받으러 병원에도 들르고
여러 인연들도 만나는 시간을 가져보았다.
또한 처음으로 가족 전체가 모이는 캠핑에도
동행하게 되어 좋은 시간을 가졌다.
그렇게 세상 사람들과 만나고 대화를 하고 또 훌쩍 떠나왔다.
사람들 나름대로의 행복의 철학들과 마주하며
수없이 많은 삶의 진실이 존재한다는 것을
또한번 느끼는 시간이었다.
우리는 어쩌면 각자의 삶과 행복에 대한 나름의
두꺼운 개념 속에서

우리들만의 행복의 일기를 써 내려간다.

오스카 와일드는

'산다는 것은 세상에서 가장 드문 현상이다.

많은 사람들은 그저 존재할 따름이다'라고 말하지만

그러한 일기장들이 모인 기억 속에서 사람들은 행복을 경험한다.

그들 중 무엇이

가장 우리를 행복하다는 느낌을 갖게 하는 것인가?

사람과의 좋은 관계이지 않았을까?

배우자와 가족들 그리고 친구들과의 지속된 좋은 관계는

사람을 건강하게 하고 행복한 느낌을 갖게 할 것이다.

갖고 있지 않은 것

혹은 할 수 없는 것에서 찾아내는 것이 아닌

내가 할 수 있는 것, 해줄 수 있는 것에서

행복을 끄집어 찾아내는 것이다.

생각의 껍질이 아무리 두껍더라도

귀가 열리는 시간만큼은 개념에 구속되어 노예가 된 마음에

대자유의 문이 열리는 것이다.

황혼 속에 빛과 어둠이 같이 존재하고,

높이 나는 새와 물 속의 물고기가 같이 노닐듯이…

마음에 높고 낮은 파고가 있어 쉬지 못하지만,

언젠가 그 본성을 알면

기쁨도 없고 슬픔도 없는

진정한 행복의 대자유를 맛볼 것이다.

응무소주 이생기심 應無所住 而生起心
마땅히 머무르는 바 없이 그 마음을 내라
어떤 지견에도 집착을 일으키면 어긋난다.

이세상 모든 법은 이렇게 알아도 옳고
저렇게 알아도 옳다.
또한 이렇게 알아도 틀리고 저렇게 알아도 틀린다.

- 어느 글에서 -

마음은 흙탕물이 가득찬 병과 같아
휘젓지 않고 그냥 쉬는 것도 좋은 방법이다.
잔잔한 호수를 휘젓지 마라. 삶의 진리는 그곳에 없다.


# 눈이 오는 날
the snowy day


올 겨울들어 두 번째 눈이 내린다.
새벽에 잠시 내린 눈으로 절 앞마당에 소복히 쌓였고
한라산도 제법 눈이 많이 쌓였다.
올해도 눈이 쌓인 한라산 윗세오름에 올라가는 맛을
한두 번 더 느낄 수 있으려나 모르겠다.
그래도 첫 번째 눈이 온 열흘 전에는
영실코스에서 상고대 눈꽃의 맛을 잠깐 보았다.
더군다나 매번 혼자 오르다 3명의 도반과 같이 오르는 영실은
날씨도 따뜻했고, 바람도 잔잔해서 좋았다.
부처님의 말씀 중
사무량심四無量心의 글귀가 더욱 돋보였던 날이었다.

자비희사慈悲喜捨의 마음이다.

사람들에게 즐거움을 주고, 측은한 마음을 내고,

기쁨을 주도록 하며, 항상 평온한 마음을 유지하는 것이다.

우리 스스로에게도 다정하고 온화하고 사랑으로 가득해야

더불어 즐겁고, 더불어 슬퍼하고,

더불어 기뻐하고, 더불어 평온할 줄 안다.

그렇게 우리는 알고 느끼는 것만큼 부처를 만난다.

인연의 흐름을 타고 삶을 살아가는 과정에서

그런 부처의 가르침을 만난 것도 행운이다.

삶의 행복이란 아주 커다랗고

가까이 하기에 멀리 있는 것이 아닌

작은 깨달음을 얻고 인위적으로 만들어진

허구와 망상에 구속되지 않는다면

지금 내가 있는 이대로의 세상 그자체가 진리이며 정토이다.

지식은 자신이 아는 것을 자랑하는 것이고

지혜는 자신이 모르는 것 앞에서 겸손하듯이 말이다.

─

마음으로 무엇인가를 꾀하지 않는다면,

마음은 저절로 가라앉을 것이다.

마치 물이 흔들리지 않을 때, 본래대로 투명하게 맑은 것처럼.

- 티벳 속담 -

─

하나씩 버려지고 잊혀지는 것들
하나씩 껍질이 벗겨지는 것들에
너무 애달파 하지 말게나.

# 버릴 줄 모르면
# 죽는다네
throw away useless anything

한 해가 가는 것이 요즘엔 숲속의 포행길로부터 느껴진다.
사람들이 오가지 않는 곳을 거닐다 보니
발밑으로는 서걱거리는 낙엽 뭉치들이
좁은 오솔길을 덮어 가끔 방향을 잃게 하고
앞엔 발가벗은 나목들이 나뭇잎의 구속에서 벗어난 듯,
모두 함께 바람에 따라 자유스러운 춤의 향연이 펼쳐진다.
이놈들은 버릴 시기가 오면 버릴 줄 알고
또 살아날 시간이 오면 슬그머니 살아난다.
쓸모가 있을 줄 알고 간직했던 것들을
나도 이젠 쓰레기 더미로 던져야겠다.
서랍 속에도, 수첩에도, 전화번호부에도, 카톡 명단에도 하나씩 비워나가야 하겠다.

또 문지방에 서서 머뭇거리지 말고…

---

이보게, 친구! 살아 있다는게 무언가?
숨 한번 들여마시고 마신 숨 다시 뱉어내고…
가졌다 버렸다 버렸다 가졌다,
그게 바로 살아 있다는 증표 아니던가?
그러다 어느 한순간 들여 마신 숨
내뱉지 못하면 그게 바로 죽는 것이지.
어느 누가 그 값을 내라고도 하지 않는다,
공기 한 모금도 가졌던 것 버릴줄 모르면
그게 곧 저승 가는 길임을 뻔히 알면서
어찌 그렇게 이것도 내 것, 저것도 내 것 모두다 내 것인양
움켜쥐려고만 하시는가?
아무러 많이 가졌어도 저승길 가는 데는
티끌 하나도 못가지고 가는 법이러니
쓸만큼 쓰고 남은 것은 버릴 줄도 아시게나
자네가 움켜쥔 게 웬만큼 되거들랑
자네보다 더 아쉬운 사람에게 자네 것 좀 나눠주고
그들의 마음밭에 자네 추억 씨앗 뿌려 사람 사람 마음속에
향기로운 꽃 피우면 극락이 따로 없다네.

- 서산대사 / 버릴 줄 모르면 죽는다네 -

---

에코의 전설 · 머물러야 할 자리 · 서산대사 해탈시解脫詩 · 그 많고 많은 마음들 · 자유롭게 사세요 · 손녀와 카톡하는 즐거움 · 정지된 순간들의 파노라마 · 가을의 문턱을 지나면서 · 입관과 일포(문상객 방문 날) · 나의 빚宿業은 나의 몫 · 제주도 가을의 억새들

그리움 또한 마음의 작은 파도
잠시 머물다간 또 물러난다.
마음은 진정한 요술쟁이

# 에코의 전설
the story of echo

이틀째 바람과 함께 비가 내린다.
비가 오면 새벽부터 시도 때도 없이 울던 닭과 칠면조도 조용하다.
비가 그치고 나면 추운 날씨가 시작 되려나 보다.
비 덕분에 오늘은 포행대신 창가에 앉아 두서없이 긁적거려 본다.
불현듯 작은 생각이 거칠어지더니만
금새 잠잠하게 가라앉는 듯 하고
또 허공을 맴돌다간 슬그머니 사라지기를 반복하더니만,
절간에 살고 있는 놈한테 쓸데없는 그리움이 다가선다.
메아리의 전설처럼 피와 살이 닳아 없어지고
그리움을 찾는 애절한 목소리만 숲속 가지들과 함께 온다.
그리움은 망부석처럼 어느 바닷가에서 하세월을 서 있기도 하고 안개나 바람을 타고 허공을 떠돌아 다니기도 한다.
슬그머니 왔다가는 회오리를 일으키고는 또 슬쩍 사라진다.
나도 양쪽의 입가가 슬그머니 올라간다.

붓다는 감정이 침잔되지 못하고
부침이 지속되는 마음의 상태를 고(苦)라 말하였다.
잔잔한 호수처럼 침잔되어진 마음의 상태가 곧 붓다의 마음이다.
그러므로 삶에서 일어나는 온갖 경계에도
마음의 파도가 잔잔할 수 있다면 곧 부처다.
그러한 경계들이 인연따라 그저 잠시 일어나는
허망한 알음알이를 아는 것이다.

————

홀로 명상하라! 모든 것을 놓아 버려라!
이미 있었는지를 기억하지 말라!
굳이 기억하려 하면 그것은 이미 죽은 것이 되리라!
그리고 그것에 매달리면 다시는 홀로 있을 수 없을 것이다.
그러므로 저 끝없는 고독, 저 사랑의 아름다움 속에서
그토록 순결하고 그토록 새롭게 명상하라!

저항하지 말라! 그 어떤 것에도 장벽을 쌓아 두지 마라!
온갖 사소한 충동, 강제와 욕구로부터 진정으로 온전히 자유로워지거라!
그러면 팔을 활짝 벌리고 삶의 한복판을 뚜벅뚜벅
당당하게 걸어갈 수 있으리라!
- 크리슈나무르티 -

진리는 먼 곳에 있는 것이 아니다.
단지 스스로 알아채지 못하고 있을 뿐…

# 머물러야 할 자리
the place where I have to stay

며칠 전 지인이 다녀갔다.
오랜만에 마신 소주 한두 잔에 입이 열리고 귀가 닫혔다.
하고 싶은 이야기에 입이 열리고
지인이 하는 이야기에는 귀가 닫힌다.
그런 시간이 조금 길어지니 아차 싶었다
'입은 하나이고 귀는 둘'이라는 것을 깜빡했나보다.
듣는 것이 말하는 것의 두 배이어야 한다는 것을
너무 자주 깜빡한다.
우리들은 어쩔 수 없이
몸과 입과 생각으로 일상의 삶을 살아가면서
인연이 있으면 몸과 입과 생각으로

업業도 짓고, 업業에 따른 보報도 받으면서 살아간다.
단지 그 삶 속에서도 은쟁반 위에 옥구슬이 구르듯
다가오는 것에 헤아리지 않고 물드는 일이 없어야 한다.
그곳이 바로 머물러야 할 자리이고
그렇게 머문 자리에서 꽃이 피고 흥거운 노래가 있다.
저 언덕의 한 마리 새처럼… 저 길가에 늘어선 수많은 개나리처럼…
순간순간 내가 머물러야 할 자리에 대하여 알아채는 것이다.
힌두교 격언 중에 신은 가장 귀한 보물을
가장 찾기 쉬운 곳에 숨겨두었다는 것이다.
바로 당신의 주머니에…
하지만 사람들은 저 마음 바깥에 널려 있는 온갖 것들이
허깨비 같은 존재라는 사실을 알아채지 못한다.
목마른 사슴이 아지랑이 물결에 목을 축이려고 내닫듯이…
고타마 싯타르타는 스스로 깨달아 붓다가 되었지만
우리는 스스로 붓다가 되는 길道에 장님이 되고 귀머거리가 된다.
붓다는 결코 삶의 문제에 대하여 해답을 주시는 분이 아니다.
우리들 스스로 해답을 찾아 걸어가야 할 길을 제시했을 뿐이다.


▬▬▬

배운 것이 없다고 탓하지 마라!
나는 이름도 쓸 줄 몰랐지만
남의 말에 귀 기울이며 현명해지는 법을 배웠다.
지금의 나를 가르친 것은 내 귀였다.

- 징기스칸 -

삶과 죽음은 한조각 구름이지만,
홀로 드러나 맑고 고요한 것은 무엇인가?

# 서산대사
## 해탈시 解脫詩
Poem by the Venerable Buddhist Priest Seosan

근심 걱정 없는 사람 누군고
출세하기 싫은 사람 누군고
시기 질투 없는 사람 누군고
흉허물 없는 사람 어디 있겠소.

가난하다 서러워 말고
장애를 가졌다 기죽지 말고
못 배웠다 주눅들지 마소.
세상살이 다 거기서 거기 외다.

가진 것 많다 유세 떨지 말고

건강하다 큰소리 치지 말고
명예 얻었다 목에 힘주지 마소.
세상에 영원한 것은 없더이다.

잠시 잠깐 다니러 온 이 세상
있고 없음을 편가르지 말고
잘나고 못남을 평가하지 말고
얼기설기 어우러져 살다나 가세.

다 바람 같은 거라오.
뭘 그렇게 고민하오.
만남의 기쁨이건 이별의 슬픔이건
다 한순간이라오.

사랑이 아무리 깊어도 산들바람이고
오해가 아무리 커도 비바람이라오.
외로움이 아무리 지독해도 한밤의 눈보라일 뿐이오.
폭풍이 아무리 세도 지난 뒤 아침에 고요하듯
아무리 지극한 사연도 지난 뒤엔
쓸쓸한 바람만 맴돈다오.

다 바람이라오.
버릴 것은 버려야지 내 것이 아닌 것을
가지고 있으면 무엇하리오.

줄게 있으면 주고 가야지, 가지고 있으면 뭐하리오.

내 것도 아닌 것을
삶도 내것이라 하지마소.
잠시 머물러 가는 것일 뿐
묶어둔다고 그냥 있겠소.

흐르는 세월 붙잡는다고 아니 가겠소.
그저 부질 없는 욕심일 뿐
삶에 억눌려 허리 한번 못 피고
인생계급장 이마에 붙이고
뭐 그리 잘났다고 남의 것 탐내시오.

환한 대낮이 있으면 까만 밤하늘도 있지 않소.
낮과 밤이 바뀐다고 뭐 다른게 있소.
살다보면 기쁜 일도 슬픈 일도 있다마는
잠시 대역 연기하는 것일 뿐

슬픈 표정 짓는다 하여 뭐 달라지는게 있소.
기쁜 표정 짓는다 하여 모든 게 기쁜 것만은 아니오.
내 인생은 네 인생
뭐 별거라고 하오.

바람처럼 구름처럼 흐르고 불다보면

멈추기도 하지 않소.
그렇게 사는 것이라오.

삶이란 한조각 구름이 일어남이요
죽음이란 한조각 구름이 스러짐이라오.
구름은 본시 실체가 없는 것
죽고 살고 오고감이 모두 그와 같으오.

生也一片浮雲起　생야일편부운기
死也一片浮雲滅　사야일편부운멸
浮雲自體本無實　부운자체본무실
生死去來亦如然　생사거래역여연

하나라는 이치에 대한 깨달음이 곧 방하착이다.
파도가 곧 바다이며, 온갖 번뇌들이 곧 본래마음이다.
단지 인연따라 여러가지 모양으로 잠시 보여질 뿐이다.

# 그 많고 많은
# 마음들
a lot of mind

거울로 접어드는 산의 오솔길은 걷는 걸음마다
바스락거리는 낙엽의 소리가 가득하다.
봄부터 가을까지 가지각색으로 표현하던 자신을
미련없이 내려놓는 계절이 성큼 다가섰다.
그렇게 인연따라 여러 모습으로 나투면서
자연의 신비로움을 다시 한번 나타낸다.
또한 미움의 마음도, 아쉬움의 마음도, 두근거렸던 마음도,
짜릿했던 마음도, 치밀어 올랐던 마음도, 미안했던 마음도,
하늘의 별 만큼이나 많았던 마음들은
본래 하나의 마음이 여러가지 분별로 나타난 것이다.
온갖 바람의 인연을 만난 바다가

온갖 모양의 파도들의 모습으로 나타나듯,
고요하던 마음이 온갖 종류의 인연을 만나
별의별 온갖 종류의 마음으로 나타나는 것이다.
바다는 그렇게 종일 물결을 치고
마음은 그렇게 종일 많은 분별의식들을 만들어 내지만
각각의 모습의 파도가 어찌 바다를 벗어날 수 있으며
많은 분별의식들이 본래 마음을 어찌 벗어날 수 있으리오.
움직이는 물결은 바다와 본래 하나요.
분별의식들은 본래마음과 본래 하나인 것이다.
그렇다면 무엇이 맞는 말이고 무엇이 틀린 말이며,
또한 무엇이 칭찬하는 소리이고 무엇이 욕하는 소리이겠는가?
본래 하나인 것이 인연따라 잠시 모양을 내었을 뿐이다.
그러니 너도 부처요, 나도 부처요, 본래 부처 아닌 사람이 없다.
잠시 모양을 낸 환영幻影들이라는 것을 알면 된다.

마음의 거울에 비춰진 허망한 그림자라는 것을…

━━━

분별하는 것도 마음이 하는 일이고
고요히 하는 것도 마음이 하는 일이다.
바다에서 수많은 종류의 파도가 치더라도
온갖 파도가 그대로 바다인 것과 같다.
그 이치를 알면 항상 마음이 없는 고요함을 얻을 수 있다.
무심無心이 도道라! 마음을 쉬는 것이다.

- 명추회요 -

사는 것에 자꾸 의미를 두지 마세요.
알고보면 별 것 아니고
그냥 그렇게 사는 것인데…

# 자유롭게 사세요
live with free mind문

몇 년 전 인도에서 여름을 지내는 어느 날 마당에서
갑자기 눈에 띄는 장미가 있었어요.
장미는 원래 쌀쌀한 날씨와 함께 어울려
가장 겹이 많고 이쁘게 피어나는 것인데…
35도에 습도가 85%인 이곳에서
장미라는 이름으로 하나의 꽃이 피었지요.
꽃이 피지 않아도 예쁘지 않아도 뿌리를 뽑지 않고 놔두었더니
어느 날 이렇게 제 몫을 할 때도 있더라구요.
지금 제주도 날씨가 쌀쌀하지만 아직 길가에는
많은 꽃들이 인연 시절따라 존재를 드러내듯이…
그들은 왜?라고 의미를 묻지 않지만

가끔 사람들은 왜?라는 질문을 하곤 하지요.

왜 나를 싫어할까?

왜 살아야 하지?

왜 이렇게 살고 있지?

왜 그사람은 그런 행동과 말을 하지?

그렇게 사람들은 모든 현상에 의미를 부여하고,

이름을 붙이려는 부질없는 짓을 해요.

삶이란 그냥 살아가는 것이고 살아있는 것 자체가 의미인데…

행복할 때에는 행복에 매달리지 말고

불행할 때는 이를 피하지 않으면 되는데…

최선을 다한 후의 하루가 재미있으면 좋고

아니면 또 마는 것이지요. 뭐 어떻습니까 !


곧 이해받고자 하는 속박으로부터의 탈출입니다.

곧 분별의 노예가 되는 것으로부터의 자유입니다.

바로 괜히 세상에 왔다 가는 것도 괜찮습니다.


기쁠 때, 그대 가슴 깊이 들여다보라!
그러면 알게 되리라!
그대에게 슬픔을 주었던 바로 그것이 그대에게 기쁨을 주고 있음을,
슬플 때도 가슴 속을 다시 들여다보라!
그러면 알게 되리라!
그대에게 기쁨을 주었던 바로 그것 때문에 그대가 지금 울고 있음을!

- 칼릴 지브란 / 기쁨과 슬픔에 대하여 -

사랑을 주되 구속시키지 말고
자유를 주되 거리를 유지하라.

# 손녀와 카톡하는
# 즐거움

kakaotalk with granddaughter

손녀가 이젠 초등학생이다.

벌써 한글을 쓰고 읽고 하니, 참말로…

그러니 난 아직 나의 세계에서 맴돌고 있나 보다.

그래서 요즘엔 손녀와 저녁에 잠깐 카톡을 주고 받는다.

일 년에 한두 번 만나볼 손녀를 요즘엔 매일 만난다.

물론 손녀가 주연이고 할배 할매는 조연이다.

조연이라도 주어졌으니 다행이다.

하지만 시간이 지날수록 역할을 제대로 하기가 만만치 않다.

또한 주연에게 도움이 되면서 재미있는 것을 찾기가 쉽지 않다.

조금이라도 손녀가 재미없어 하는 날이면 조연 자리도 없다.

낮에 잠시 시간을 내어 네이버도 뒤져보고

산길 걸을 때 조차도 도움이 될 만한 것에
그냥 지나쳐 버리지 않도록 눈여겨 본다.
주어진 배역이 오래 주어졌으면 좋겠다.

손녀와의 시간이 항상 설렌다.


━━━

그대의 아이는 그대의 아이가 아니다.
아이들은 스스로를 그리워하는 큰 생명의 아들과 딸들이니
아이들은 그대를 거쳐서 왔을 뿐 그대로부터 온 것이 아니다.
또 그대와 함께 있을지라도 그대의 소유가 아니다.
그대는 아이들에게 사랑을 줄 수 있으나
그대의 생각까지 주려고 하지 마라.
아이들에게는 아이들의 생각이 있으므로
그대는 아이들에게 육신의 집은 줄 수 있으나
영혼의 집까지 주려고 하지 마라.
아이들의 혼은 내일의 집에 살고 있으므로
그대는 결코 찾아갈 수 없는, 꿈 속에서조차 갈 수 없는 내일의 집에.
그대가 아이들과 같이 되려고 애쓰는 것은 좋으나,
아이들을 그대와 같이 만들려고 해서는 안된다.
생명은 결코 뒤로 물러가지 않으며 어제에 머무는 법이 없으므로.
그대는 활이며, 그대의 아이들은 살아있는 화살처럼
그대로부터 쏘아져 앞으로 나아간다.

- 칼릴 지브란 / 아이들에 대하여 -

━━━

일어날 일이 일어날 뿐이다.
원인이 있되 원인이 곧 결과라는 공식은 없다.
내가 할 수 있는 만큼 하면 된다.

# 정지된 순간들의
# 파노라마
panorama of moments

오고가는 사람들이 뜸한 절간이지만
많은 사연이 펼쳐지고 또 달아난다.
어쩌면 찰나찰나 내 마음은 그대로이건만
연관된 사연들은 여러 가지 분별된 마음으로
나에게 다가섰다가 사라지기를 반복한다.
어제는 새색시 마음으로,
오늘은 추한 늙은이 마음으로…

영화는 24장의 정지된 사진이 1초에 보이는 것이고
60촉 전등은 1초에 60번이 켜지고 꺼지고를 반복한다.
우리의 한 생각이 80찰나요

한 찰나刹那에는 80번의 생각이 생기고 사라진다.
잠깐 한 생각에 6,400번의 생멸生滅이 있다.
사람의 눈이 이 찰나 생멸의 미세함을 보지 못하고
'지속적으로 흐르는 듯이 보이는 그림자들'이
실재하는 모습으로 착각하여
작용의 주체로 인정하는 과오를 저지르는 것이다.
즉 원인은 항상 원인 자리에 머물고
결과는 항상 결과 자리에 머물면서
전혀 오고가고 하는 일이 없는데도
사람들의 눈에는 무언가 지속적으로
가고 오고 움직이는 것처럼 보인다.
다만 원인은 결과를 낳는 계기가 된 것 뿐인데…
머물되 머물지 않음이요
잊혀지되 잊혀질 아무 것도 없지만
우리가 어느 것은 편안하게 내 곁에 머물고
어느 것은 불편한 채로 머무는 느낌만을 가질 뿐이다.
오고감이 없고, 싫고 좋음이 없고

내가 할 수 있는 만큼 할 뿐…
그저 지금에 머물 뿐…

수연무작 무작수연 隨緣無作 無作隨緣
인연을 따르되 무언가 한다는 생각이 없고
무엇을 한다는 생각없이 인연을 따르는 것!

모든 일들은 시절 인연을 따르면서
다만 그럴 만해서 그럴 뿐이다.
그 결과가 좋건 나쁜건,
좋다, 나쁘다 하고 분별할 것이 없다.
단지 다만 그럴 뿐이다.

- 그 곳엔 부처도 갈 수 없다 中에서 -

행복이란 느낌조차 없이 그저 소소하게 지나가는 것들
행복이란 의미조차 필요없는 잔잔한 것들
행복이란 단어조차 거추장스러운 감정
단어, 개념을 넘어선 것들이다.

# 가을의 문턱을
# 지나면서
on the way of fall season

주지스님께서 육지에 행사 및 기타 일로 자리를 비우시고
화산석을 돌보는 거사님 또한 서울에 일 보러 떠나시고…
혼자 머무는 공간과 시간이 며칠째 지나간다.
그저 내가 해야 하는 일들을 할 뿐이지만…
슬쩍슬쩍 떠오르는 얼굴들이야 어찌하랴.
하여간 오후에 혼자 걸어보는 오름길은 억새와
추워지는 날씨에 옷을 갈아입는 숲속 풍경이다.
억새는 색깔이 아직 발그스레해서 아기의 엉덩이 같고,
그동안 새파랗던 잎들은 나의 손등과 얼굴에 피어나는
반점들과 같은 짙은 색깔의 구멍들이 군데군데 피어난다.
그들은 어느 때, 어떻게 변해야 하는 것에 어기는 경우가 없다.

오면 오는 것에 애착하지 않고 가면 가는 것에 애달파 하지 않는다.
그저 오고감에 넉넉함이 가득하다.
신은 어쩌면 나를 위해
이곳에 가장 귀한 보물을 숨겨 놓은 것 같다.
귀중한 보배가 자기 옷 속에 있다는 법화경의 비유처럼
멀리서 보물을 찾는 습쩔으로 부터의 탈출이다.


그대!
행복을 쫓고 있는 동안은
그대는 아직 진정으로 행복할 수 있을 만큼 성숙하지 못했다.
비록 가장 사랑하는 것이 지금 그대 것일지라도 . .

그대!
잃어버린 것들을 슬퍼하고
많은 목표를 추구하면서 초조해 하는 동안은
그대는 아직 참된 평화가 무엇인지 모르는 채 살아가리라.

그대!
모든 소망버리고 어떤 목표도 욕망도 모르는 채,
행복따위는 입에도 담지 않게 될 때,
그때, 비로소 이 세상의 모든 흐름이 그대 마음을 괴롭히지 않게 되고
그대 영혼은 진정 평화로우리라.

- 헤르만 헤세 / 행복 -

바깥에서 구하는 것들은 본래 성품이 없다.
얻어진 행복 또한 성품이 없는 것이다.
성품이 없이 공空함을 알면 집착할 것도 없다.


# 입관과 일포
## 문상객 방문 날
### casketing & ilpo rite


절에서 생활을 하다보니 자주 부음 소식과 함께
돌아가신 분을 위한 의식을 진행해 드려야 한다.
종교의 목적이 어느 환경에서도 평온함을 유지하는 것이겠지만,
아주 가까운 분들의 죽음 앞에서 의연해지기란 쉽지 않을 것이다.
물결이 하나 생기고 또 바람따라 허물어지며
또 다른 물결이 바람의 인연따라 또 일어날 뿐이고
'바다는 여러 가지의 파도 모습으로 인연따라 나타날 뿐이다'
라는 것을 어찌 모르고 있겠는가?

하지만 어쩔 수 없이 세상의 모든 법은 상대가 있고
홀로 세워지는 법은 하나도 없다.

그러기에 죽음 또한 태어남에 의지하고,
그림자는 나무에 의지하고, 메아리는 소리에 의지하고,
아름다움은 추함에 의지하고, 나쁨은 착함에 의지하듯이…
마음에 드는 하나만을 고집하는 욕심이 고통을 일으킬 뿐이다.

색불이공色不異空　공불이색空不異色
색즉시공色卽是空　공즉시색空卽是色
거울에 비친 모습처럼 진실된 모습이 하나도 없건만
본래 하나라는 것을 알지 못하는데서 오는 고통스러움이다.
그래서 모든 것이 '지금 이대로의 모습 그대로'
좋은 것은 좋은 대로, 나쁜 것은 나쁜 대로 본래 평등한 것이다.
그렇게 집착하는 허상들을 내려놓으면 바로 극락정토인데 말이다.
과거의 법들을 취하지도 말고, 미래의 일에도 탐착하지 말고
현재에도 머물지 말라.

그 무엇도 실재하는 바가 없다는 붓다의 말씀처럼…


—————

분주한 세간사 그 속에서 무심을 얻기란 참으로 어렵다.
그러나 세차게 흘러내리는 물길에서 배를 끌어올리듯
다시 한번 뱃줄을 함껏 당겨라!
한여름 무더위 어려운 고비가 없이
어떻게 가을 벼가 무심히 고개를 숙이리오.
- 어느 선사 -

인연은 빛을 청산하는 좋은 기회이다.
무엇을 머뭇거리나?
조금이라도 갚아 나가세!!

# 나의 빛宿業은
# 나의 몫
my karma is my liabilities

누군가에게 해줘야 할 것이 남아 있다는 느낌은
아직 빛이 남아 있는 것이다.
꼭 내 스스로 해야 할 일이 남아 있는 느낌도 빛을 지고 있는 것이다.
그 글은 내가 꼭 읽고 느끼고 암송하듯이 알고 있어야 하는데
무슨 이유에서 기억 못하는 마음이 빛이다.
빛이 너무 많아 어느 땐 소스라치게 놀라곤 한다.
늘 마음의 빛에 쪼들리며 산다.
습관이 되어버린 초조함, 내가 중심이 되었던
모든 사고의 개념에서 벗어나야 하는데도 말이다.
하지만 해가 저문다고 서두르거나 아쉬워하지 말자.
처음부터 끝은 없었던 것, 세월의 궤도를 따라

지칠 만큼 질주했으면 그것으로 충분하지 않은가!

어쩌면 우리는 어제의 일조차

까마득히 잊은 채 여기까지 왔는지도 모른다.

전생에 지은 숙업宿業을 어찌 전부 갚을 수 있겠는가?

가족들, 인연들에게는 베푸는 보시로써 또는

참선, 기도 등으로 갚기도 하지만

이렇게 애를 써도 갚지 못하는 빚業은 어쩔 수 없다.

어떤 형태의 과보를 받을 수 밖에는…

이렇게 우리는 업을 짊어지고 서로 다른 길을 돌아왔을 뿐

제각각 삶의 무게에 얹혀 하루 해를 떠안기도 힘겨웠으리라.

이젠 잠시 고된 짐 부려놓고 서로의 이마 맞대어 줄

따뜻한 불씨 한점 골라보자.

두둥실 살아있는 날은 남겨진 꿈도 희망도 나의 몫이 아니겠는가!

- 2015. 12. 19. 인도여행 중에

우리 각자의 내면에는
정교하게 연마된 자기만의 조용한 나침반이 있어요.
그러나 그 지혜는 요란스러운 자아와 달리 은은해서
일부러 관심을 기울이지 않으면 소리를 들을 수 없습니다.
일상생활에서도 틈을 내어 멈추고 고요를 느끼며
정적의 순간을 맞이해야 들을 수 있습니다.

- 비욘 나티고 / '내가 틀릴 수도 있습니다' 중에 -

즐거우면 즐거워하고, 슬프면 슬퍼하세요.
다가서는 것들에 군더더기를 붙이지 마세요.
인연되면 다가서고 또 사라집니다.


# 제주도 가을의
# 억새들
reeds of jeju island


지인들과 함께 억새가 무성한 곳을 찾아 나섰다.
여름 동안 자라있을 가시와 덤불을 자르면서
길을 찾아야 하기에 나뭇가지 자르는 도구를 갖고
억새가 많은 언덕을 올랐다.
오름 중간에 숨어 있는 억새풀들이
이젠 내 키를 훌쩍 넘어섰다.
젊은 나이의 억새들이 붉은 모습을 띠우며
바람에 자신의 모습을 한껏 뽐내고 있다.
윤기가 흐르는 억새도 시간이 지나면서
옅은 갈색으로 바람에 씨앗을 날려보낼 것이다.
그런 억새 하나하나가 모여 군락을 이루고

산을 이루고 가을 세상을 만든다.
그 속에서 또한 나도, 너도 가족을 만들고
사회를 만들고 세상을 만든다.
그렇게 찰나 찰나 세월이 만들어지고 소멸해 간다.
이렇게 사람들은 생멸生滅이라는 의식으로
과거라는 짐과 미래라는 짐이라는 아주 무겁고 중요한 것들이
가득 들어있는 짐 두 개를 이고 다닌다.
하지만 두 개의 짐을 내려놓고
바로 여기 지금 이 순간을 반갑게 맞이하면
지금 이대로의 세계가 바로 진리의 세계이고
바로 불국토의 세계인데도 말이다.

또 이렇게 다가온 불국토 세계의
억새의 가을을 즐겨보자!


---

세상엔 내가 많은 것을 아는 줄 알지만
실제는 바닷가에서 놀고 있는 어린아이와 같습니다.
이따금씩 반질반질한 조약돌이나
이쁜 조개껍데기를 얻어들고는 명성을 날리기는 하지만
내 앞에는 거대하면서도 알 수 없는 진리의 대해가 놓여 있습니다.

- 뉴턴 -

---

8 happiness

2022년 여름

사랑에 대하여 · 나고 죽는 일 · 행복이 도대체 뭐길래 · 외로운 마음을 토닥이며 · 모노드라마 · 사십구재의 마지막 날 · 태풍과 외로움 · 매미의 우화 · 동반자들과 함께하는 오름둘레길 · 우주에서의 생존법칙 · 본래 그 자리 · 번잡함 속에서의 외로움 · 바보되는 지름길 · 무소의 뿔처럼

깊은 가슴 속엔 아픔이 곧 기쁨일 수 있고
기쁨이 슬픈 마음일 수 있듯이
삶 속에 죽음도 존재합니다.

# 사랑에 대하여

on love

8월이 가는 시점인가?
아직도 날씨는 한 여름이건만
동남아 순례객들은 어김없이 찾아온다.
어제도 연세가 지긋하신 스리랑카 순례객들의 짐을 도와주었다.
눈이 마주치면 주글거리는 얼굴 속에서
그토록 해맑은 웃음을 준다.
아주 오래 전부터 알고 있는 사이처럼…
그들의 눈빛과 미소가 잔잔한 호수처럼 참 맑다.
기나긴 버스 여정 속에서 그들은 무엇에 그토록 절실할까?
찌들어 있는 내 눈에는 그들은 이미 부처이건만…
그들에게는 아직도 찾아야만 하는 그 무엇이 있나보다.

많은 사람이 말하는
별 것 아닌 삶, 그냥 주어진 대로의 삶이 아닌
그들은 그 무엇으로 절실한 것인가?
그리고 또 나는 별 것 아닌 삶 속에서
무엇을 헤매고 있는 것인가?

- 2017년 인도 기원정사 천축선원에서

━━━

사랑이 그대를 손짓하여 부르거든 따르십시요
비록 그 길이 어렵고 험하다 해도
사랑의 날개가 그대를 품을 때에는 몸을 맡기십시요
비록 사랑의 날개 속에 숨은 아픔이 그대에게 상처를 준다 해도
사랑이 그대에게 말하거든 그를 믿으십시요
비록 사랑의 목소리가 그대의 꿈을 모조리 깨뜨려놓을지라도

왜냐하면 사랑은
그대에게 영광의 왕관을 씌워주지만 또한
그대를 십자가에 못 박는 일도 주저하지 않기 때문입니다
사랑은 그대의 성숙을 위해 존재하지만
그대를 아프게 하기 위해서도 존재한답니다

사랑은 햇빛에 떨고 있는
그대의 가장 연한 가지들을 어루만져 주지만
또한 그대의 뿌리를 흔들어대기도 한답니다

- kahlil gibran / 사랑에 대하여 -

━━━

하나,둘 올라오는 생각들로 마음의 방이 지저분하다.
아직은 주워담고 버리는 것에 익숙하지 않은가 보다.

# 나고 죽는 일
birth and death

추석이 가까이 왔다.
요즘의 추석이야 어찌 옛날의 감흥과 같으랴마는
포행하는 산길의 산소들은 깨끗하게 벌초가 되어 있다.
한적한 양지바른 곳에 오롯이 모신 곳,
부부 두 분의 산소, 문중의 산소들도 눈에 띄인다.
멕베드에서 나오는 가사처럼 '우리는 우주 속의 작은 점에 불과한
어느 행성에 잠시 머물다 가는 동안 활개치고 안달하다
사라져버릴 뿐인 존재'인 것처럼
어쩔 수 없이 한번 일어난 태어남은 결국
한번 밖에 없는 죽음으로써 그 가치를 드러낸다.
나고 죽는 일에 의연해지기란 쉽지 않지만

그 찰나를 위해 우리는 애를 쓸 수밖엔 없다.
살고 있는 동안 평안함을 위하여 노력하듯
그 순간에도 평안함을 유지하고 싶은 바람일 것이다.
그 두려움에서 벗어나려고 인간은 신을 만들고
신에게 경배를 하고 기꺼이 신의 노예가 되기도 한다.
왜냐하면 누군가에게 자유는 두려움이고
구속은 평온함일 수도 있기 때문이다.
하지만 마음의 본체는 진흙 속의 다이아몬드와 같고
진흙 속에서 피는 연꽃과 같은 것이다.
마음에서 나타나는 감정들이 하나, 둘 버려지면
망상으로부터 하나, 둘 자유스러워지는 슬기로움에
우리의 마음이 열려야 한다.

지혜는 그렇게 번뇌로부터 자라난다.

━━━

연꽃은 언제나 낮은 곳과 습한 곳 그리고 진흙탕에서,
향기롭고 아름답게 피어나듯이 깨달음이라는 것도
온갖 세속의 탐욕과 진애塵埃 와 어리석음 등
8만 4천 번뇌속에서 핀다.
참으로 진리에 합일한 사람은 그 자리에 있지 않고
온갖 인연을 따라 이루어간다.

- 어느 경에서 -

━━━

목적지가 올바른 기차에서는
짐도 내려놓고 마음도 편안히 쉴 수 있을텐데!


# 행복이 도대체
# 뭐길래
what is the true happiness


몇 개월만에 승마대학 안에 있는
천아오름 주위를 돌았다.
그 사이에 또 많은 나무들이 베어져 있고
베어진 나무들은 차곡차곡 쌓여져 있다.
고사리들이 사는 공간들이 또 몇 군데 사라지고 없다.
개발이라는 이름 아래 아까운 숲들이
사라지고 있는 것이 아닌지 모르겠다.

이익이 발생하는 곳이면 사람들의 감각은 예민해지고
파고드는 탐욕에 다른 많은 것들은 감춰진다.
그런 탐욕의 성취가 행복을 가져오는 줄 아나보다.

그럼 나의 행복 지수는 어느 곳에 머물러 있을까?

진정한 행복을 얻는 것이 죽음을 극복하는 것보다 어려워 보인다.

왜냐하면 행복은 객관적인 조건보다는

스스로의 기대치에 달려있기 때문이다.

하지만 그 놈의 기대치는 언제 한번 실제보다 낮아본 적이 있던가?

실제가 바라는 것보다 높으면 행복을 느낄 수 있지만

기대하는 욕심은 현실보다 항상 빠르게 앞서간다.

성취하면 할수록 기대치와 행복은 더 높이 달아난다.

결국 도달하면 욕심은 더 높아지고, 붙들었다 싶으면 또 달아난다.

항상 목이 너무 마르다.

샘물은 스스로에게 있지만 사람들은 다른 곳에 있는 줄로만 안다.

허덕대는 장님들에게 또 다른 장님이 길을 인도한다.

목적지가 올바른 기차에 타면 기차가 짐을 전부 실어다 주니

편안히 기차에 실려가면 되련만

자꾸 목적지가 다른 기차를 갈아탄다.

에고 도솔천은 그 어디메냐?


━━━

바보가 되거라!
사람 노릇하자면 일이 많다.
바보가 되는 데서 참사람이 나온다.

- 경봉스님 -

━━━

구속된 듯 구속되지 않은
평온한 일상생활이 곧 천국이다.

# 외로운 마음을
# 토닥이며
solace the lonely mind

아침 저녁으로 선선한 기운이 가득하다.
오늘 아침엔 귀뚜라미 소리가 공양간 뒤로 요란하다.
그렇게 극성을 피우던 여름은 물러가고
가을이 다가왔나 보다.

소중한 인연들도 잠시 머물다 여름이 떠나가듯 훌쩍 떠나간다.
또 외로운 시간들이다.
채워지고 또 비워지는 것들이 살아있는 동안 계속 반복된다.

함께 있되 거리를 두라
그래서 하늘바람이 너희 사이에서 춤추게 하라
서로 사랑하라
그러나 사랑으로 구속하지는 말라
그보다 너희 혼과 혼의 두 언덕 사이에
출렁이는 바다를 놓아두라

서로의 잔을 채워주되 한쪽의 잔만을 마시지 말라
함께 노래하고 춤추며 즐거워하되 서로는 혼자있게 하라
마치 현악기의 줄들이 하나의 음악으로 울릴지라도
줄은 서로 혼자이듯이 서로 가슴을 주라
그러나 서로의 가슴 속에 묶어두지는 말라

오직 큰 생명의 손길만이 너희의 가슴을 간직할 수 있다
함께 서있으라
그러나 너무 가까이 서 있지는 말라
사원의 기둥들도 서로 떨어져 있고 참나무와 삼나무도
서로의 그늘 속에서 자랄 수 없다
- 칼릴 지브란 / 결혼에 대하여 -

우리는 모두 모노드라마의 주인공처럼
나의 모습과 색깔을 나타내려 발버둥칠 뿐이다.

# 모노드라마

monodrama

인도의 여름은 40도 이상 고온이 유지되면서
습도가 85% 이상 올라가기 시작한다.
새벽 법당의 문을 여는 순간 다가오는 뜨거운 열기가
코와 온몸으로 퍼져든다.
하지만 뜨거운 열기도 좌선 속에 잦아지는 숨결에는
어쩔 수 없이 감각 밖으로 숨어버린다.
아침엔 비가 올 것에 대비해 못자리를 만드느라
오랫동안 말라버린 땅에 물을 대기 시작했다.
물이 귀하다보니 펌프로 끌어올린 물이 다른 곳으로
흘러가는 것을 막느라 흙더미를 높이다가 그만두고 만다.
물흐름의 근본을 어이 막으랴!

물이 흐르는 것을 막으면 고인 채로 기다리고 있다가
차면 넘쳐 흐르고, 한쪽이 막히면 다른 쪽으로 흐르고
사방이 막히면 조용히 기다릴 뿐이다.
물 조차도 템플에 피어있는 많은 종류의 꽃들처럼
그냥 자기의 모습과 색깔을 표현한다.
그렇게 각자의 위치에서 나를 포함한 모든 것들이
우주의 하모니를 위한 모노드라마를 하고 있다.
그러니 좋고 싫고, 이쁘고 밉고, 더럽고 깨끗하고,
슬프고 행복하고, 나는 옳고 너는 그르고,
그런 분별인식은 스스로 연출하고
스스로 독백하는 모노드라마의 대사들이다.
나도 이젠 관객의 자리에서 나의 모노드라마를 지켜봐야겠다.
빗물에 젖지 않는 연꽃잎처럼~~~~

- 2016년 여름 인도에서


마음에 애착이 생기고 화가 날 때에는
그때는 나무토막처럼 머물러야 한다.
또 나무라고 싸우고 싶은 마음, 혹은 게으른 마음
혹은 비합리적 것에 유혹을 받을 때는 아무 것도 행하지 말고
말하지 말며 나무토막처럼 머물러야 한다.
그것이 마음의 번뇌를 물리치는 좋은 방법 중의 하나이다.

- 입보리행론 -

마음은 요술쟁이, 마음은 장난꾸러기
인간은 사형을 선고받은 사형수이다.
다만 무기집행유예인 것이다.

# 사십구재의
# 마지막 날

the last day of 49days after death

법당에서는 어제부터 과일 및 여러 가지 준비를 했고
오늘은 아침 일찍부터 법당보살님과 전과 나물 준비 그리고
스님들과 동참하신 분들을 위한 음식 준비에 공양간이 분주하다.
사소하게 준비해야 하는 일들 또한 놓치지 않아야 하기에
나름 여기 저기 확인하느라 발길이 바쁘다.
돌아가신 분의 극락 왕생에 대한 바램도 있겠지만,
섭섭함과 아쉬움을 털어내는 시간이었을 것이고
그래서 남아있는 사람들이 삶을 살아가는데
무언가 짐을 벗어던진 홀가분한 느낌이었을 것이다.
왜냐하면 어쩌면 인간 스스로 만들어 놓은 신을 통해
불안과 두려움의 감정을 완화시키려 하기 때문이다.

"인간은 사형을 선고받은 사형수이다.
 다만 무기 집행유예인 것이다"라고 빅토르 위고는 말하지만,
본인의 죽음에 대하여는 먼 나라의 이야기처럼 들린다.
그것은 끊임없는 망상의 단편들이 온갖 요술을 써서
본래의 마음 가까이에 다가서는 것을 허락하지 않기 때문이다.
인간의 의식활동은 지극히 왜곡되고 편집되고 단편적이고
자기 취향적인 불완전한 내용일 수 밖엔 없다.
그렇게 인간은 대상을 보는 것이 아니라
자기 마음의 한계를 보는 것이다.
즉 외부에서 일어나는 사건에 반응하는 것이 아니라
자기 몸에서 일어나는 감각에 반응할 뿐이다.

이렇게 끊임없이 일어났다 사라지는 의식의 단편들
생각이라는, 의식이라는, 마음이라는 것들은
그저 인연분상들이 잠시 모였다 사라지는
에너지 작용의 일종일 뿐이다.

며칠 후면 백중기도일이다.
돌아가신 모든 분이 좋은 곳에서 지내시길 바라면서…

━━━━━

정해진 업은 부처님도 소멸시켜줄 수 없다.
인연없는 중생은 부처님도 구원할 수 없다.
삼계三界의 중생을 다 구원할 수 없다.

- 부처님의 3불능(三不能) -

올해는 창가에 보이는 배롱나무의 꽃들이
짙은 분홍색으로 몽실몽실 피었다.
수국은 늦봄이 벌써 지나간 것을 알리면서 안녕을 고한다.
차곡차곡 쌓인 시간들은 어느새 먼 허공으로 달아났다.

# 태풍과 외로움

typhoon and loneliness

태풍 '송다'가 지나가고 있는지
강한 바람이 비를 거의 사선으로 몰아간다.
그래도 이틀동안 시원한 비가 내렸다.
어제 성산포 쪽으로 스님 한 분과 나들이 가는
도중에도 하늘이 열린 듯 비가 몇 차례 쏟아 붓는다.
오늘은 칠성기도 준비 그리고 월말 정리도 하고
반려견 단비 목욕도 시키고
단비 발자국에 더럽혀진 바닥도 닦아야 한다.
밀려있던 일들을 대충 마무리하고 나서 이렇게 아무도 없는 절에서
비오는 날 잠시 우두커니 있는 시간은 정말 포근하다.
청가에선 강한 바람에 큰 가지들이 이리저리 휘날리고

비는 사선으로 몰려다니다간 거꾸로 솟아오르는
모습들을 보며 쓸데없는 상념에 젖어보기도 한다.
인간이 외로움을 느끼기 시작한 것은
'다른 짐승들과는 달리 가슴이 하늘을 향하면서
잠들기 시작하면서부터'라는 이야기에 웃음보가 터지기도 하고
또한 다른 짐승과 다르게 직립보행을 하면서
멀리 그리고 넓게 볼 수 있으면서
여러 가지 상상을 하기 시작하였고,
망상과 분별이 시작되었다는 이야기에
그럴 수도 있겠다는 공감도 가져본다.
하여간 난 그저 그런 외로움의 맛을
정말 즐기는 성품을 갖고 있나보다.
어느 때는 아이스크림처럼 달콤하기도 하고
그 무언가로부터 부드럽게 감싸 안아진 안락함도 느낀다.
그냥 이렇게 무심히 바라보는 시간이 나에겐 꿀 맛이다.
그런 외로움이 비록
삼세육추三細六麤의 번뇌망상일지라도 말이다.

―――

탐욕貪慾보다 더한 불길이 없고, 성냄瞋보다 더한 독이 없으며,
오온五蘊보다 더한 고가 없으니 적정寂靜보다 더한 행복은 없다.

- 법구경 -

―――

오랜만에 절물휴양림의 장생의 숲길을 걸었다.
새소리도 매미 울음소리에 파묻혔다.
그래도 너는 살아남아 짝을 찾는 절규라도 할 수 있으니 좋다.
마음껏 사랑하고 떠나가거라!

# 매미의 우화
## an allegory of cicadas

숲속에선 엄청나게 울어대는 매미소리가 한창이다.
한여름이 지나가고 있나보다.
군데군데 성충이 된 매미가 날아가고
남은 유충의 껍데기들이 눈에 들어온다.
수정란을 품어야 하는 산란관으로 인해 울지 못하는
암놈 한 마리가 우두커니 서있는 내 어깨에 올라탄다.
그 암놈 몫까지 울어야 하는 수컷매미의 짝을 찾는
절박한 울음 소리에 마음이 찡해 온다.
5~7년간의 땅 속 생활을 마치고,
약 2주 정도의 바깥 생활 동안 짝을 만나
주어진 자연의 임무를 마치려는 처절함을 왜 모르겠는가!

다행히 천적으로부터 살아남아 짝을 만나고 나면
알을 남기고 미련없이 죽음으로써
자연으로 돌아가는 매미의 일생은 처연하기조차 하다.
잠시 쉬고 있으면 내가 나무로 보이는지
몇 개의 매미들이 내 어깨에 앉으려다간
후다닥 다른 곳으로 날아가는 모습에 또 입가가 올라간다.
아직 두꺼운 껍질에 쌓여있는 모습에서
매미의 우화羽化하는 모습은 경이롭고
마르지 않은 날개는 천사의 날개처럼 아름답다.
그렇게 애벌레에서 날개달린 성충으로 변하여
사랑을 할 준비가 되어 종족 번식을 준비한다.
다시 오지 않을 생일날이다
이 날부터 죽는 날까지 종족을 위해 아낌없이 자신을 내어준다.
더 무엇을 말하겠는가!
단지 며칠이겠지만 좋은 짝 만나서
그 처절한 울음의 한을 풀었으면 좋겠다.
오늘은 그들을 위한 사랑가나 한 곡조 읊어야 하겠다.

─

애야! 그 손 풀어 매미 놓아 주거라!
그렇게 하지 않으면 너 우는 손으로 살아야 한단다.

- 유홍준 / '우는 손' -

─

새로운 인연들과 대화하고, 같이 웃고,
같이 안타까와하고…
그렇게 조금씩 배워간다.

# 동반자들과 함께하는
# 오름둘레길

walking together on the forest road

몇 주 전부터 목요일이면 스님 한 분과 학교 선생님 한 분
이렇게 셋이서 오름을 오르거나, 오름 둘레길을 산책한다.
위트가 넘치고 말씀이 논리정연한 법산스님과
초등학교 선생님과의 산책길 대화는
또 다른 대화의 맛을 안겨준다.
법산스님의 위트로 시작되는 산책길엔
그래서 자주 웃음이 그치질 않는다.
우리가 다니는 길은 인적이 드물어서
그리 조심스럽지 않은 것이 다행이다.
가끔 폭소가 터질 때도 주위가 한적하여 맘껏 웃어본다.
내가 걷는 속도에 맞춰서 같이 걸어주고

먼젓번 한 이야기를 또 하고, 어느 땐 수다쟁이 같은
나의 말에 귀 기울여주는 그들의 배려심이 고맙기도 하다.
그런 시간이 길어질수록 발가벗는 느낌이지만
길들여진 습習에 속수무책이다.
어느 때부터인가, 새로운 인연을 만나는 것에 관심이 없어지고,
기존의 인연조차 하나하나 지워져 가는 것에
익숙해져 가고 있는 중에
법산스님과의 인연에 몇 분이 꼬리를 물었다.
세상살이에서 인연이란 불가피한 것이고
그 인연으로 인하여 생기는 쓸데없는 생각과 언사가
어느 때는 마음의 고통으로 이어지기도 하지만
이젠 그 고통 또한 마음의 분상이라는 것을 알기에 다행이다.

다가서고 물러나고 즐겁고 기쁘고 하는 것에 잠시 머물 뿐이고
뱀으로 보이던 것이 새끼줄이라는 것을 알면 그만이다.
인연따라 헐떡거리는 마음을 쉬면 된다.

무엇을 웃고 무엇을 슬퍼하랴
마음분상들이 집착하여 나타내는 망상들이거늘…

———

내가 죽거든 두 손을 관 밖으로 내어놓아라!
천하를 정복했던 알렉산더도
죽을 때는 빈 손으로 간다는 것을 보여줄 수 있도록!
- 알렉산더의 유언 중에서 -

생노병사 生老病死와 생주이멸 生住異滅
성주괴공 成住壞空과 적자생존 適者生存
우주는 조금의 머뭇거림없이 가야할 길을 간다.

# 우주에서의 생존법칙
the law of survival

내가 있는 인도의 시골은 정말 자연스럽다.
자유를 찾은 소들이 거리를 활보하고,
주인이 없는 개들은 이리저리 몰려다니며 먹을 것을 찾는다.
하지만 지역에 대한 침입자는 가차없다.
수많은 원숭이들 또한 그룹을 지어 지역 쟁탈을 위해 싸운다.
사람들에게조차 이빨을 드러낼 때는 정말 무섭다.
템플에서 끼니마다 그릇에 밥을 주면 덩치가 큰 새들이 먼저 온다.
그들 나름의 절대 질서를 유지한다.
옆에서 조용히 자기 차례를 기다릴 수밖엔 없다.
밭에 여러가지를 심어본다.
한국에서 가져온 양파, 무, 배추, 당근 등등

물론 일부 원숭이들에게 빼앗길 것까지 생각을 하지만…
여지없이 달려드는 잡초들과 원숭이들로 인해
인간이 도와주지 않으면 도대체 살아남질 못한다.
약육강식은 들과 논, 그리고 밭 어느 곳에든지 존재한다.
정말 가차없다.
또한 이 곳에서 소가 죽으면
껍질을 벗겨가는 것은 불가촉천민이다.
다음은 들개 및 기타 작은 동물들이 훑고 지나간다.
덩치 큰 새들과 아주 작은 새들까지 순서에 따라 지나가고
마지막으로 큰 개미부터 아주 작은 개미까지 훑어버린다.
그렇게 적자適者는 생존을 하고, 약자는 멸종을 하면서
이 넓다란 우주의 법칙을 지켜나간다.
측은지심은 오직 인간에게 주어진 좋은 성품이긴 하지만,
결국 우주논리 앞에서는 아주 미세한 흉내만 내는 꼴이다.
인간 삶의 원리 또한
자연과 우주의 원리와 어우러질 수 밖엔 없다.
세상은 이렇게 시간과 공간을 채우며 지나가고
우리가 짐작할 수 없는 시간과 공간 속으로
우주의 법칙은 이렇게 모든 것을 집어삼킨다.
이 속에서 어느 것이 옳고, 어느 것이 그른 것이겠는가?
흐르는 물이 앞뒤를 다투지 않고
그저 낮은 곳으로 유유히 흐르듯이…

- 2016년 9월 인도 기원정사에서

산은 우뚝 솟은 그대로
물은 맑고 냉랭한 그대로
바람은 솔솔부는 그대로
꽃은 그윽하게 피어있는 그대로
다만 이렇게 살아가라!
어찌하여 구구절절 세상 물정을 따르는가?

- 어느 글에서 -

멀리 있는 평안의 행복을 찾아다니다
돌아온 자리는 바로 그 자리였네!


# 본래 그 자리

same position


서울을 다녀온 지 일주일이 하루처럼 지나갔다.
이곳도 사람들이 모여 생활하는 곳이라
작고 큰 세상의 일들이 생기고 머물다간 또 사라진다.
어느 것은 짧은 시간만 머물러 쉽게 잊혀지지만
어느 것은 긴 시간을 머물며,
사람들로 하여금 많은 분별심을 만들어내어
긴 여운을 남기기도 한다.
그 여운이 사람들로 하여금 좋은 기억으로
혹은 슬픈 기억으로 저 깊은 곳으로 숨어든다.
행복을 쫓아다니는 마음이 얽히고설켜
어느 때는 서로 보듬어주기도 하지만

서로 상처를 주고 받는 경우가 많다.
이렇게 일상에서 피할 수 없는 일을 만날 때에는
마음으로 헤아리지 말라는 말씀이 멀리 달아나버린다.
깨달음은 멀리 다른 곳에서 오는 것이 아니고
가도 가도 본래 그 자리인 행행본처行行本處인데도 말이다.
다가서는 현상들은 그 모습 그대로 머물다간 사라지지만,
바라보고 대응하는 관점들은 사람들마다 각각이다.
즉 관점의 변화이지 사실이 바뀌는 것이 아니다.
마치 신은 있다고 생각하는 사람에게는 신은 존재하고,
신이 없다고 생각하는 사람들에게는 신은 존재하지 않는 것처럼,
어느 것이 삶을 풍요롭게 하는지에 대한
선택은 오로지 개인에게 달려있다.
'요즘엔 무엇을 가졌느냐',
혹은 '무엇을 아느냐'보다는
'어떤 방식으로 생각하고 세상을 보느냐' 하는
관점의 문제에 초점이 맞춰져야 한다.
이 부분에 바로 인간 행복의 핵심이 존재하기 때문이다.

━━

다만 유심 有心으로 분별하거나 계교하면
자기 마음에 나타난 것이 진실로 다 꿈이다.

- 달마대사 -

━━

번잡한 곳에서도 자신과 마주하는 순간들은 참 소중하다.
그런 순간들이 모여 좋은 업이 쌓인다.

# 번잡함 속에서의
# 외로움
loneliness in the crowded

또 몇 개월 만에 번잡한 서울의 풍경을 접한다.
오랫동안 만나보고 싶은 사람들과 연락을 취하고
나름대로의 스케줄을 만들어 이곳저곳을 기웃거려 본다.
정신없이 살아가는 그들의 삶 속에서
몇몇 사람들과는 머무는 동안에 만나지 못하는
아쉬움도 있지만 또 다음을 기약한다.
번잡스러움에 잠시 적응을 해야 하는 며칠이다.
이번의 만남에서는 또 어떠한 느낌을 얻을런지 잘 모르겠지만
그렇게 얻어지는 느낌에 민감하고
그러한 느낌을 놓치지 않으려고 하는
마음에 집중해 보기로 한다.

작은 깨달음조차도 정신적 적적함이 필요하고
더군다나 육체적 고통과 생존의 어려움이
바람처럼 우리 삶의 나무와 가지를
흔들어 줄 때 더 깊어질 수 있다.
즉 찰나적으로라도 잠시 번잡함 속에서 외로움이 필요하다.
그래서 그럴까?
우리는 사람들과 많은 대화를 하면서도
지독한 외로움을 느낄 때가 가끔은 있는 것이다.
그런 시간은 좋은 습習을 만들어주는 동력이 되기도 한다
작은 시간들이 모여 한 생生을 이루고
그렇게 삶은 그저 그러거늘
우리들은 의미를 부여하려고 발버둥친다.

울지마라!
외로우니까 사람이다.
살아간다는 것은
외로움을 견디는 일이다.
공연히 오지 않는
전화를 기다리지 마라!
눈이 오면
눈길을 걸어가고
비가 오면
빗길을 걸어가라!
갈대 숲에서
가슴 검은 도요새도
너를 보고 있다.
가끔은 하느님도 외로워서
눈물을 흘리신다.
새들이 나뭇가지에 앉아있는 것도
외로움 때문이고,
네가 물가에 앉아 있는 것도
외로움 때문이다.
산 그림자도 외로워서
하루에 한 번씩 마을로 내려온다.
종소리도 외로워서 울려퍼진다.

- 정승호 / 수선화에게 -

세상살이에서 똑똑하기는 쉬운데
바보되는 것은 참 어려워요.
그래서 깨닫기가 참 어려운가 봐요.

# 바보되는 지름길
a shortcut to be a fool

노랗게 아기 손등처럼 피기 시작하는 산수국은
그늘에서는 옅은 은색으로, 햇빛 아래에서는 짙은 남색으로
우리의 포행길을 반긴다.
군데군데 익은 붉은 산딸기의 잔치 또한
같이 어우러져 어렸을 적 기억에 벌써 입 안이 적셔진다.
그 길을 걷는 동안 세상의 이야기들은
먼 나라 이야기이다.
그들은 단지 시절인연을 만나,
갖고 있는 성품을 드러낼 뿐이겠지만,
난 그저 황홀감에 어찌할 줄 모른다.
마치 다이아몬드가 진흙 속에서

아무리 굴러다녀도 본성을 잃지 않고,
연꽃이 진흙 속에서 피더라도 진흙에 묻지 않듯이
이들 또한 어떤 환경에서도 그들의 성품을 드러낼 뿐일텐데!
깨달음을 얻기 힘든 8가지 중에
세지변총世智辯聰이라는 것이 있다.
세속적인 지혜가 많고 총명하고 영리하여
깨달음으로 알아야 할 불법을
머리로 이해하고 마는 사람을 말한다.
사리분별하는 알음알이가 강한 사람이다.
즉 이러한 영리함은 알음알이가 앞에서 활개를 치기 때문에
사량과 분별이 끊어진 직관적 지혜를
어둡게 하여 도道와는 인연이 없다.
있는 그대로 보지 못하고,
영리함으로 왜곡해서 받아들이는 마음은
언제나 본질을 호도하는 이유로
오히려 명상과 참선 그리고 수행을 하는데
큰 장애가 되고 만다.
영리함으로 인한 분별은 나를 상하게 하고
타인을 다치게 하는 지름길이기 때문이다.

수행은 깨달은 바보가 되는 길이다.
명상은 현명한 바보가 되는 길이다.

성품을 보는 것이 부처입니다.
성품은 어디에 있습니까? 성품은 작용에 있습니다.
무슨 작용입니까?
태에 있으면 몸이라 하고, 세상에 나오면 사람이라 하고,
눈에 있으면 보고, 귀에 있으면 듣고,
코에 있으면 냄새 맡고, 입에 있으면 말하고,
손에 있으면 잡고, 발에 있으면 달리고,
들어내면 세계에 가득하고, 거두어들이면 한 티끌에 들어가고,
깨달으면 불성佛性인줄 알고,
깨닫지 못하면 정혼精魂이라 부릅니다.

- 전등록 -

번뇌망상이 없으면
세상 살 맛이 없다.

# 무소의 뿔처럼
a horn of rhinoceros

바람이 분다.
나뭇잎들도 힘에 겨운 듯, 흔들리며 소리를 낸다.
나뭇잎이 제법 넓은 것은 둔탁한 소리로,
가는 것은 하늘거리는 소리로 자기 모습의 하모니를 낸다.
나뭇잎들 조차도 자신의 감량만큼 자기를 표현하며 산다.
참 싱그럽다.
이번 여름에도 이 넓은 템플에서 주로 혼자 지낸다.
즐길 수 있는 것은 책과 명상 뿐이다.
지나간 세월은 타인과 마주 앉아야
살아갈 수 있는 시간이었다면
지금은 내 자신과 마주 앉아 있어야 한다.

비록 질긴 배추 한 조각의 반찬으로 하는 식사와
계속되는 더위와 모기들 속에서도 난 천국의 맛을 본다.
오늘 새벽엔 앞을 볼 수 없는 안개가 끼었다.
그토록 길었던 여름이 끝이 나려나보다.
이젠 제법 비우고 살고 있다고 생각하는 순간
비운 만큼 또 다른 번뇌 거리가
슬며시 그 공간을 채우려 달려든다.
비워지는 것만큼, 망각되는 것만큼
어떻게 알고 귀신처럼 찾아와서 또 꽈리를 튼다.
이제 시간이 조금만 지나면 안개가 물러나고
그 자리를 감춰져 있던 것들이 다시 자리를 차지하듯이 말이다.

다시 추스러 '무소의 뿔'처럼
번뇌망상과 깨달음이 결코 다르지 않다는 것을
이해하는 외로움의 시간을 가져야 하겠다.

번뇌망상은 깨달음의 둘도 없는
동반자인 것을 알고 있기에…

- 2017년 인도에서

￼

우리 한동안 같은 하늘에
같이 매달려 있다가
때가 되어 이렇게 헤어져 감에
"다시 만나세" 한들
어찌 다시 만나리!

가을이 되어, 너는 그곳으로
나는 이곳으로 따로따로 떨어져 감에
"이제 이별일세" 한들
어찌 이 인사가 마지막이 아니리!

아, 세찬 이 세월의 바람에
떨어져 나감에
"다시 만나세" 한들
어찌 어디서 다시 만나리!

- 조병화 / 가랑잎 -

￼

9 happiness

2022년 봄

욕심쟁이 · 외로움과 친구되기 · 색즉시공 공즉시색 · 소 한마리의 고통 · 한
라산옥불사의 초파일 · 고사리의 추억들 · 분노와 까르마 · 초록의 잔치 · 어
느 수녀의 기도 · 봄의 미소들 · 주연과 조연 · 잃어버린 길 · 봄비 · 인도의 시
골 구석을 돌아다니며 · 산책하는 오솔길에서

채우는 것만큼 그만큼 불편하고
비우는 것만큼 그만큼 편안해진다.

# 욕심쟁이

a grabber

겨울에도 눈과 비가 적게 오더니만
이번에도 이틀 동안 간간이 비가 내렸다.
지금까지 비를 애타게 기다리는 산천초목들에겐
이틀 동안의 비로도 해갈되기엔 역부족이다.
그럼에도 주어지는 조건들과 상관없이 지는 꽃들과
새로 피기 시작하는 꽃들은 모자라면 모자란 대로
남으면 남는 대로 때에 맞추어 자기를 표현하는데 게으름이 없다.
하지만 우리의 욕심은 우리를 노예처럼
이리저리로 끌고 다니면서 끊임없이 무언가를 요구한다.
그 욕심이 원하는 것을 들어두기 위해 애를 쓰는 동안
우리는 머리가 희어지고 허리가 꼬부라지고

이빨이 다빠지고 육체도 무너진다.

이 몸이 죽을 때까지 욕심이 바라는 것을 해 주려니

몸은 늙고 마음은 갈기갈기 찢어져 버린다.

이러한 고통의 원인은 욕심에서 출발한다.

욕심 즉 갈애는 느낌으로부터 생기고

좋으면 좋다는 것에, 싫으면 싫다는 것을 쥐고

놓치지 않으려는 것이 바로 고통의 원인이다.

내 몸이, 내 마음이 지금 어떤가?

모든 것이 원인에 따른 결과일 뿐,

그저 모든 것이 일어났다 사라지는 과정일 뿐임을 눈치채야 한다.

그러면 무상無常 고苦 무아無我에 대한 지혜가 조금씩 생겨난다.

그렇게 실체가 없는 것들이 일어났다가는

슬며시 사라지는 것을 본다.


아랫마을엔 벌써 수국이 많이 피었다.

산수국의 잔치가 시작되었나 보다.

오늘은 내가 다니는 오솔길로 산수국 마중을 가야 하겠다.

얼마 지나지 않아 또 내 곁에서 사라질 축제이니 말이다.


━━━

위학일익 위도일손 爲學日益 爲道日損

학문 즉 지식은 날로 더해가는 것이지만,
도라는 것은 매일 매일 덜어내는 것이다.

- 도덕경 -

우리는 외로워진다는 것에 두려움을 갖는다.
일부러 외로워지면 조금씩 가까워진다.
그러면 즐기는 시간이 다가온다.

# 외로움과
# 친구되기
## to be a friend with loneliness

며칠 숲에 가지 않으면 벌써 몸과 마음에서
보고 싶다고 반응이 온다.
이젠 숲과 정말 진정한 친구가 되었나 보다.
새벽엔 주로 명상과 좌선을 하고, 오전엔 예불을 드리고,
점심 공양 후엔 숲속으로 포행을 다니고,
오후엔 읽고 싶은 책들과 시간을 보내다 보니
이젠 외로움과도 너무 친숙해졌다.
숲속에서는 장자의 호접지몽胡蝶之夢의 글귀처럼
꿈 속의 나비가 나인지, 나비가 지금 나를 꿈꾸고 있는 것인지
환상 속에서 거닐기도 한다.
그런 외로움의 시간을 즐기기도 하지만,

이젠 하찮은 것에도 눈물을 흘리고
아주 작은 것에도 기뻐하는 어린아이가 되어간다.
살아오면서 만난 많은 인연들이 나의 삶에 윤활유가 되어주었고,
힘든 고비도 있었으나 지금 이렇게 한가로이 자신과 마주하는
시간은 고마운 인연들 때문이리라.
그런 시간이 모여 '나'라는 두꺼운 껍질을 벗겨내고
실체가 없는 나의 몸과 마음을 드러낸다.
실제로 우리의 몸과 마음은 아주 얇은 비닐봉지 안에
물을 가득 채워둔 것과 같이 조그마한 실수로도 순식간에 터져
망가질 수 있는 것처럼 쉽게 터지고 찢어진다.
이렇게 나, 자아自我라고 하는 것은 쉽게 무너지고 사라져서
믿을 만한 것이 아니라는 것 또한 깊이 공감하며
몸과 마음이 무상無常하고 무아無我이기 때문에 또한 고통이라는
붓다의 가르침에 난 무릎을 꿇을 수밖에 없다.
연초록의 숲이 날이 갈수록 짙은 녹색으로 변해간다.
내 손등에 굵은 핏줄이 드러나고
검은 반점이 하나 둘 늘어가는 것처럼…
그 것을 우리는 세월이라고 표현한다.


입안에 말이 적고, 마음에 일이 적고,
뱃속에 밥이 적고, 밤엔 잠이 적게…

- 법정스님 글에서 -

각자의 습관대로 보는 세상은 같지 않아요.
그토록 많은 세상이 어찌 틀리다 말하겠어요.
다른 것을 알면 세상은 재미있는 곳입니다.

# 색즉시공
# 공즉시색

form is emptiness, emptiness is form


많은 인연이 이 작은 공간으로 오고 간다.
어느 날 봄에 솟아나는 연초록 나뭇잎처럼
인연은 싱그럽게 다가서고,
겨울철 발가벗은 나목들처럼
차갑게 훌쩍 떠나간다.
머무는 동안 이 보살님은 이런 세상을 이야기하고
저 거사님은 저런 세상을 이야기하고
그 사람은 그런 세상을 이야기한다.
인연이 되어 만나는 분들만큼이나 세상의 종류가 많다.
같은 시간과 공간 속에서
우리 모두는 같은 세상을 사는 듯 하지만

전혀 다른 세상을 산다.

사람마다 비춰지는 세상은 다르고,

그 모든 세상 하나하나가 화엄의 세상이건만

본인의 세상 속에서 살지 않는다고

서로들 상처내고 상처받고 난리다.

그래서 붓다는 허공꽃이라 했고 꿈이라 했나보다.

스스로 갖고 있는 개념 덩어리로 느끼는 세상이니

실제로 보이는 것 같은 세상은

나만의 세상이고 또한 헛 것이요.

본래 아무 것도 아닌 공空의 세계를 알려준다.

실제 비워 있지 않지만 비워 있고,

비워 있는 것 같지만 가득 채워져 있는 것이

바로 색즉시공 공즉시색色卽是空 空卽是色이 아니겠는가!

그러니 '남고 모자라고, 생각이 같고 틀리고'에서 벗어나

그저 고요한 마음으로 오고가는 것을 지켜나 보자꾸나!

서로 서로 아프게 하지 않고

보듬어 주는 그런 인연 구실이나 하면서…

멀지 않은 날, 인연이 마무리 되는 날엔

그래도 나의 꿈은 아름다웠다고!

옥토승침최노상　玉兎昇沈催老像
금오출몰촉년광　金烏出沒促年光
구명구리여조로　求名求利如朝露
혹고혹영사석연　或苦或榮似夕烟

달이 뜨고 지는 것은 늙음을 재촉하고
해가 뜨고 지는 것은 세월을 재촉함이로다.
명예와 재물을 구하는 것은 아침이슬 같고
혹은 괴롭고 혹은 영화스러운 것은 저녁연기와 같음이로다.

- 초발심자경문 -

가슴으로 흐르는 눈물은
붓다의 멋진 경구도 힘을 쓰지 못한다.
잠시 슬퍼하자!

# 소 한마리의 고통

a bull's pains

살이, 육체가 부패되는 냄새는 유난히 얼굴을 찌푸리게 만든다.
머물고 있는 인도의 시골 마을에선 버려진 혹은 자유를 얻은
소들이 논에 들어가지 못하게 대나무로 막아놓았는데
짤막짤막한 대나무 가지들은 단단하고 날카롭다.
며칠 전에 뒷문 쪽으로 다가선 소 한마리가 있었다.
45도를 넘나들고 바람조차 잠자는 더운 날씨에 귀가 너덜거리고
목덜미 쳐진 살이 날카로운 것에 할퀴어져 피범벅이다.
힘이 없어 잘 걷지 못하는 다리는 곪아터져서 파리떼와 같이 다닌다.
홀로 서성대는 이 소의 썩어가는 냄새가 참 역겹다.
한두 마리의 까마귀가 다가와
덜렁거리는 살점을 쪼아 물고 달아난다.

대항하는 것조차 힘들어 보인다.

가시철망 혹은 대나무의 경계를 넘지 못했나보다.

어쩔 수 없이 무리에서 떨어져 다른 소들과 동행이 되질 못했다.

서있는 것조차 힘겨워 무릎을 꿇고 만다.

그 모습에 가슴 속에 흐르는 진한 슬픔이 오르내린다.

아무도 없는 템플에서 작은 소리를 내어 울음도 삼켜본다.

이렇게 매순간 우리에게 다가오는 고통의 순간은

절망의 사유도 되지만,

또 다른 의식의 세계를 맛볼 수 있는 기회가 되기도 한다.

하느님께서도 우리를 항상 시험에 들게 하여

그 시험을 통과하는 자에게만 고귀한 하나님의

사랑과 은총의 손길이 미친다는 사실을 알려주시지 않았던가?

붓다 또한 고통이 전제되지 않는다면

당연히 고통의 원인과 고통의 소멸 그리고 그 고통의 소멸에

이르는 길이 존재할 수 없다는 것 또한 같은 맥락이다.

하지만 어느 땐 다가오는 괴로움에 속수무책이다.

때쓰는 어린아이처럼…

- 2016년 여름 인도 스라바스티에서

산이 다하고 물이 다해서 길이 없는 줄 알았는데
물 흐르고 꽃이피는 또 한 마을이 있었네!!

- 어느 날 읽은 책에서 -

꼬마들과 함께하는 시간, 노보살님들과
함께하는 시간은 참 행복한 시간입니다.
이렇게 좋은 시절을 보내는 저는 참 축복받은 사람입니다.

# 한라산옥불사의
# 초파일
## buddha's birthday

일주일 내내 부처님오신날을 준비하느라

몇몇 보살님들과 거사님들이 분주하게 움직이신다.

2년에 걸친 코로나가 다행히 조금 잠잠하여

올해는 오시는 신도분들에게 공양을 대접할 수 있게 되었다.

꼬마 손잡고 오신 젊은 신도분,

거동이 불편하신 부모님을 모시고 오신 신도분,

많지 않은 신도분들이지만

한분 한분 나의 마음을 뭉클거리게 하는 원인들이다.

무엇이 그들로 하여금 이곳까지 오시게 하였을까?

먼 나라 네팔 룸비니에서 2566년전 고타마 싯타르타가 태어났다.

그리고 우리는 그를 '깨달은 자'라는 의미인 '붓다'라고 부른다.

그리고 우리는 그의 탄생일을 기념한다.

석가족의 성자이면서 깨달은 자인 석가모니 붓다가 남긴
자취는 팔만대장경에 남겨져서 아직 미혹 속에서 헤매는
중생에게 또 다른 붓다가 되는 방편을 알려준다.

2500년 전에 어느 깨달음을 얻은 자의 자취가
오늘날에도 전 세계적으로 큰 감동을 주는 이유는 무엇일까?

아마도 붓다는 스스로 신이 되기를 거부하였고,
숭배의 대상이 되는 것을 거부하였으며
자신의 가르침에 의지하고 따르면
누구나 붓다가 될 수 있음을 알려주었기 때문이지 않을까?

붓다가 되는 길은 무수한 방편이 있으니
각자의 방편대로 깨달음에 도달해 붓다가 되라고 하셨듯이
무엇을 믿고 따르는지가 중요한 것이 아니고
어떻게 살아갈 것인지를 가르쳐주신 이유이지 않을까?

행사를 마치고 돌아가시는 모든 분들에게
짧은 한마디를 진심으로 건네고 싶다.

"당신은 이미 부처입니다 "

＿＿＿

명상의 목적은 마음을 평온하게 하는 것이라기 보다는
객관적 대상과 자아(ego)를 만들어내는 마음의 과정을
통찰하는 것입니다.
그 과정 중에 얻어지는 것 중의 하나가 마음이 평온해지는 것입니다.

- 어느 글에서 -

5월에 접어드니 고사리들이 자꾸 덤불 속으로 달아난다.
그러니 다리는 온통 가시나무에 긁힌 자국들이다.
누군가 좋아하는 모습을 또 사랑하게 되는 계절이다.


# 고사리의 추억들

memories of ferns


제주도에서 4월 중순이면 고사리 따는 철이 시작된다.
고사리 나오는 곳이 한정되어 있고
또한 시간이 지남에 따라 기온이 올라가면서
고사리는 밝은 곳에서 어두운 그늘로 숨어든다.
더군다나 땅 개발하는 곳이 점점 많아지면서
고사리 터가 없어지는 현상과
올해에는 가뭄과 기온이 높은 날씨 때문인지
점차 사라지는 현상이 겹쳐지면서
채취하는 사람과 고사리 사이에
힘겨운 싸움이 계속되는 것 같다.
그 무리에 뒤섞이어 하루 2~3시간을 보내는

나 또한 여러 가지 상념 속에 머물다 나온다.
크고 굵직한 먹고사리와 마주할 때는 환호를 하고
가냘프고 힘없는 것과 계속 마주칠 때면
그냥 안타까운 말로 위로하면서 지나친다.
각자가 걷는 길가에서 보는 만큼만 걸어들이는
흐름 속에 잠시 존재해 보는 것이다.
법성게의 한마디와 닮았다.
우보익생만허공 중생수기득이익雨寶益生滿虛空 衆生隨器得利益
하늘의 단비는 허공에 가득차게 내리고
사람은 각자의 그릇만큼 담아낸다.
어쩔 수 없이 우주의 모든 것은 환경의 흐름과 상호관계 속에서
멸망과 생존을 거듭해 오지 않았던가!
모든 사물은 관계 속에 존재해 왔으며
독단적으로 존립해 온 것은 아무 것도 없었다.
그렇게 고립되지도 고정되지도 않은 것으로써
흘러가는 하나의 흐름, 존재의 흐름, 의식의 흐름일 뿐이다.

에고를 주의깊게 지켜보라!
그것은 세상에서 가장 강한 마약이다.
에고는 그대를 완전히 도취시켜 그대는 뭐가 뭔지 볼 수조차 없게 된다.
애고를 떨쳐버리고 싶으면 선악의 갈등을 떨쳐 버리라!
- 어느 선사 -

좋은 습관이 곧
좋은 업을 쌓아가는 것입니다.

# 분노와 까르마

anger and Karma

내가 머물고 있는 템플에는 인도인 11명이 같이 일을 하고 있다.
일반적인 인도 사람들의 말투는
친근감이 없는 편이고 무뚝뚝하기조차 하다.
장사하는 사람들의 말투 또한 마찬가지로
표정 또한 언제나 무뚝뚝하다.
상대방에게 먼저 웃음을 보이는 적이 거의 없다.
하지만 3년 정도 머무는 동안 그 누구도 어느 한계점 이상
목소리가 올라간다든가, 화를 내는 모습을 거의 본적이 없다.
가끔 나 혼자서 화를 낼 뿐이다.
그럴 때면 화난 이유와 이치가 합당하다는 것을
부드럽고 자비심으로 적당한 때에 표현해야 한다는

부처님의 충고는 어딘가로 숨어버렸다.

그저 순간적인 분노의 표현만이 허공을 맴돈다.

그럴 때면 그들은 나의 화난 고성을

무덤덤하게 듣고 있을 뿐이다.

그런 그들의 성품은 어쩌면

3천 년 넘게 이어온 힌두문화의 전통일 수 있다.

일반적으로 인도인들은 화를 내는 사람 앞에서는

우선적으로 상대를 하지 않는다.

바른 정신을 갖고 있는 상태가 아니라는 이유이다.

그리고 화를 낸다는 것은 윤회를 일으키는

악업惡業이 쌓일 뿐이라는 인식이다.

호랑이가 다른 동물을 만나더라도 조용하지만

닭은 작은 소리에도 푸드덕거리며

홰를 치는 것과 같은 이치라는 것이다.

좋은 업과 윤회, 신에 대한 헌신, 스스로를 조율하는 지혜

세 가지는 힌두문화의 핵심처럼 보인다.

그렇게 민족은 민족의 내림이 있고, 조직은 조직의 내림이,

그리고 가족은 가족의 내림이 있듯이

그들 또한 그 흐름 속에 있다.

좋은 내림을 만들어가는 것은 신에게 가까이 갈 수 있는

좋은 까르마를 쌓아가고 있다는 믿음이다.

그들의 무뚝뚝함 속에는 그런 깊은 내공이 숨어 있었다.

- 2018년 어느날 인도에서

우리는 기꺼이 완벽하게
평범한 사람이 되어야 한다.
이는 자신을 있는 그대로
받아들임을 의미한다.

- 트룽파 린포체 -

봄이 짧게 지나가고 있습니다.
즐길 여유를 주지 않아 아쉬움도 있지만
그래도 숲속은 난리가 났어요.

# 초록의 잔치
### green's festival

숲의 향기가 가득하다.
나의 발에 밟히는 아주 작은 풀잎과,
겨울철의 나목으로부터 솟아난 아기손바닥에 이르기까지
온통 향기와 초록의 잔치가 시작되었다.
일체의 것이 서로 인연되어 물리고 물리는
순환을 반복한다는 것을 또 한번 보여준다.
그네들이 할 수 있는 모든 것에 최선을 다하는 기운이
나를 취하게 만들고 또 나를 신선으로 만들기도 한다.
그네들과 이야기하며 까르르거리고 가끔 피어나지 못하고
누군가에게 꺾어진 모습을 보면 애처로운 마음으로 용서를 구하고
소리를 내어 흥얼거리다가는 스스로 화들짝 놀라기도 한다.

남들이 제정신이라고 말하는 곳으로 돌아왔나보다.

그럴때면 나를 잊어버린 망아忘我의

시간을 놓쳐버리는 아쉬움이 가득하다.

사람들은 그런 망아忘我의 나를 보곤 제정신이 아니라고 한다.

요즘들어 지나가버린 시간 속에 머무르며

괜스리 매듭짓고 풀고 날려보내고, 또 끄집어내고 하는 바보스런

반복을 하는 모습에 피식 웃곤 했는데…

초록의 잔치가 과거와 미래에 대한 망상을

저쪽 한쪽 귀퉁이로 몰아버리고 제정신이 아닌

황홀경 속으로 나를 안내한다.

"망상이 없을 때는 한마음이 불국토요,

망상이 있을 때는 한마음이 바로 지옥이다"

라는 옛 조사 어른의 말씀이 지금 나에게 딱 맞는 구절 같다.

그렇게 숲은 각자의 모습대로 아름다움을 나타내고

또 저마다 자신만의 향기를 뿜어대는 잔치를 벌려 놓았다.

새롭게 태어나는 아기처럼…

내가 이 세상에 태어났을 때 나는 울었고,
내 둘레에 있던 모든 사람들은 기뻐하였다.
내가 이 세상을 떠나갈 때 나는 웃었고,
내 둘레 사람들은 모두 슬퍼 울고 괴로워 하였다.

- 티벳 고전 -

목숨을 다 바쳐 지혜에 다가서고 온 힘을 다해 지혜의 길을 지켜라
찾고 구하여라. 그러면 지혜가 너에게 알려지리라
지혜를 얻으면 놓치지 마라
마침내 너는 지혜의 안식을 찾고 지혜는 너에게 기쁨이 되어 주리라

- 집회서 6장

# 어느 수녀의
# 기도
## a nun's simple prayer

주님!
주님께서는 제가 늙어가고 있고
언젠가는 정말로 늙어버릴 것을
저보다도 잘 알고 계십니다.
저로 하여금 말 많은 늙은이가 되지 않게 하시고
특히 아무 때나 무엇에나
한마디 해야 한다고 나서는
치명적인 버릇에 걸리지 않게 하소서!
모든 사람의 삶을 바로잡고자 하는
열망으로부터 벗어나게 하소서!
저를 사료깊으나 시무룩한

사람이 되지 않게 하시고
남에게 도움을 주되 참견하기를 좋아하는
그런 사람이 되지 않게 하소서!
제가 가진 크나큰 지혜의 창고를
다 이용하지 못하는 건 참으로 애석한 일이지만
저도 결국엔 친구가 몇 명 남아 있어야 하겠지요.
끝없이 이 얘기 저 얘기 떠들지 않고
곧장 요점으로 날아가는 날개를 주소서!
내 팔다리, 머리, 허리의 고통에 대하여는
아예 입을 막아 주소서!
내 신체의 고통은 해마다 늘어가고
위로받고 싶은 마음은
나날이 커지고 있습니다.
다른 사람의 아픔에 대한 이야기를
기꺼이 들어줄 은혜야 어찌 바라겠습니까마는
적어도 인내심을 갖고 참아줄 수 있도록 도와 주소서!
제 기억력을 좋게 해주십사고
감히 청할 순 없사오나
제게 겸손된 마음을 주시어
제 기억이 다른 사람의 기억과 부딪칠 때
혹시나 하는 마음이 조금이나마 들게 하소서!

나도 가끔 틀릴 수 있다는 영광된 가르침을 주소서!

적당히 착하게 해주소서!

저는 성인까지 되고 싶진 않습니다만...

어떤 성인들은 더불어 살기가 너무 어려우니까요.

그렇더라도 심술궂은 늙은이는

그저 마귀의 자랑거리가 될 뿐입니다.

제가 눈이 점점 어두워지는 건 어쩔 수 없겠지만

선한 것을 보고 뜻밖의 사람에게서

좋은 재능을 발견하는 능력을 주소서!

그리고 그들에게 그것을 선뜻 말해 줄 수 있는

아름다운 마음을 주소서!

아멘!

- 17세기 어느 수녀 -

━━━━━

행복은 어디 있을까?
아주 가까운 곳에 내가 찾는 모든 것이 있다.

# 봄의 미소들

smiles of spring

완연한 봄이다.

꽃들이 바람따라 춤을 추고, 향기가 또한 바람따라 너울거린다.

꽃이 만발한 곳마다 선남선녀로 가득하고,

그들의 얼굴엔 숨어있던 부처님의 미소가 가득하다.

보이는 것만큼 아름답게 사진을 찍거나

그림을 그리려해도 안되는 것은

품고 있는 것만큼 글로 표현할 수 없는 것이 비슷한 것 같다.

많은 사람들이 지금 이 시간을 즐기며 행복해 한다.

대부분의 사람들은 이런 행복을 즐거운 감정과 동일시하고

고통을 불쾌한 감정과 같은 것으로 착각한다.

하지만 번뇌하는 것이 고통이나 슬픔에 있지 않고

심지어 덧없음에 있는 것도 아니다.
번뇌의 근원은 이처럼 순간적인 감정을
무의미하게 하염없이 추구하는데 있다.
진정한 행복은 느낌이나 감정과 전혀 상관이 없는데도 말이다.

슬픔을 경험하되, 사라지기를 원하는 집착을 품지 않는다면
슬픔은 느끼겠지만 그 슬픔 속에
마음의 풍요로움이 있을 수 있고
기쁨을 느끼되, 그것이 계속 유지되며
더 커지기를 집착하지 않는다면
마음의 평화를 잃지 않는 기쁨을 느낄 수 있을 것이다.

그것이 진정한 고요함의 행복이다.


───

감정을 해치기 쉬운 사람들은
언제나 우리에게
그 영혼이 당장이라도 꽃을 피울 듯한 말을 한다.
그러나 우리가 그들의 영혼을 알게 되는 것은
언제나 그 가시 때문이다.

- 보나르 -

───

텅 비워진 템플처럼 무심의 날개를 달아
순수한 영혼의 날갯짓으로 홀연히 날아오르자!

# 주연과 조연

starring & supporting

텅 비워있는 템플 속으로 어느 날 불쑥 누군가 찾아온다.
그리고 하루 이틀, 누군가는 많은 날을 채운 후
또 불쑥 떠나가면 템플은 또 한번 텅 비워진다.
그런 시간이 지나면서 또 다른 인연이
비슷한 사연을 갖고 같은 공간과 시간을 채워준다.
만나고 헤어지고, 또 어느 때는 불현듯 떠나는 것들에
익숙해지기도 하련만 아직도 난
두꺼운 껍질을 벗어내지 못했나 보다.
아직도 인연의 억지스러움 속에서 갈등한다.
아마도 몸부림치며 살아온 삶의 습기들이
타고난 습기를 더욱 두텁게 만들었는지도 모르겠다.

그런 이유로 아직도 주인공이고 싶은 마음이 가득한 것 같다.
하지만 이제는 아프고 아린 추억도,
울먹이게 하는 슬픈 단상도,
아련한 추억도 이젠 제자리로 돌려주고 싶다
그리고 오늘 텅 비어진 템플처럼
오고가고 그리고 머무는 것에 무심의 날개를 달자.

그래서 어느 날 아주 가볍게 하늘 높이 날아가자꾸나
날갯짓 한 번에 아주 멀리 날 수 있는
순수한 영혼으로 홀연히 …

우와!
신난다!

- 2016년 3월 인도 천축선원에서

━━━

정치하는 사람들은 권력과 명예의 노예가 되고,
사업하는 사람들은 소유와 지배의 노예가 되고,
예술하는 사람들은 허영과 가식의 노예가 되고,
학자는 논리의 노예가 되었다.

- 어느 칼럼에서 -

━━━

보이는 것마다 스승이요 부처다.

# 잃어버린 길
lost forest path

샛길로 접어들다보니 길을 잃었다.
길이 있을 것 같은 산 속에서 결국 가야할 길이 없어졌다.
다시 돌아가기에도 너무 깊숙히 들어왔다.
이젠 바람 소리와 새 소리 그리고
떨어지기만 기다리는 늙은 꽃잎에 대한 애처로움,
또한 손녀 손등처럼 오동통한 새싹의 귀여움이
길을 찾는 동안 내 눈과 귀의 관심에서 사라졌다.
어깨 높이까지 자란 조릿대 밑은 잘 보이질 않아
땅에서 뒹구는 돌과 썩은 나무로 인해 움푹 패인 곳 때문에
자빠지길 여러 번 하다가 결국 오솔길을 찾았다.
홀로 있는 은행나무는 열매를 맺지 못한다.

하지만 주위에 연못이 있다면 연못에 비친 자기 그림자를 보고
그림자를 이성으로 착각하여 열매를 맺는다.
은행나무의 자그마한 착각이
이렇게 커다란 다른 결과가 나타날 수도 있다
아주 사소한 것일지라도 욕심을 내거나 집착하는 것이
엄청난 고통의 결과를 초래한다는 것을 언제나 알려나!

다시 찾은 오솔길따라 다시 솔바람 소리, 새 지저귀는 소리,
계곡의 물 소리, 산 빛깔 모두가 눈과 귀에 익숙해진다.
나에겐 부처님의 소리들이고 부처님의 모습들이다.
옛 말씀처럼
달은 푸른 하늘에 있고 물은 병속에 있다.
버들은 푸르고 꽃은 붉다.
눈은 가로로 찢어졌고 코는 세로로 섰다.
기둥은 세로로, 문지방은 가로로 놓여있다.

있는 그대로가 바로 부처요 도이다.

봄에는 꽃이 피고, 가을에는 달이 뜨고,
여름에는 서늘한 바람불고, 겨울에는 눈 내리네!
쓸데없는 생각만 마음에 두지 않으면
이것이 바로 좋은 시절이라네!

- 무문 선사 -

꿈같고, 허깨비같고, 허공꽃같은 일체 현상들
그 무엇을 움켜 잡으려 하는가?

# 봄비
spring rain

이틀 동안 비가 조금 왔다.
겨울 가뭄에 오랫동안 지쳐있어서
한바탕 쏟아졌으면 좋으련만…
그래도 작은 비에 매화 봉우리가 열리고
처져있던 새싹과 잎이 고개를 들었다.
목련도 다른 모습으로 내 앞에 다가선다.
이렇게 새로운 세상이 열리기 시작하고, 죽어있던 것들이
또 새로운 모습으로 보여주기를 시작할 것이다.
"삶과 죽음은 손바닥과 손등처럼 서로가 있어야만 하는 것이고
죽음은 생명의 근원인 어머니의 모태로 돌아가는 일이다.
그래서 자궁은 무덤과 닮았고

수의는 포대기와 닮았다" 라고
며칠 전 돌아가신 노학자의 말씀처럼,
와서 머물다가 사라지는 그 순간들이
다른 듯 같은 느낌과 형상으로 이어진다.
그렇게 세상의 있는 모든 것들은
인연과 결과가 물고 물리는 반복을 거듭한다.
무상無常과 무아無我의 법칙을 벗어날 수 없다.
과거의 일들은 꿈과 같이 사라지고
현재 또한 명멸明滅하는 번갯불 같고
미래는 돌연히 일어나는 구름과 같다는 것을…

노학자의 말씀처럼 그냥 지켜볼 뿐…


━━

夢幻空華 何勞把捉 得失是非 一時放却
몽환공화 하로파착 득실시비 일시방각

꿈 같고, 허깨비 같고, 허공꽃 같은데
어찌 애써 움켜 잡으려 하는가!
얻는다거니, 잃는다거니, 옳거니, 그르거니 함은
한꺼번에 놓아버려라!

- 신심명 -

━━

산은 그대로 머무는 산이고
물은 항상 바다로 향해가고
구름은 바람 부는 대로 흐른다.


# 인도의 시골 구석을
# 돌아다니며
in the remote village of india


밤새도록 기차를 타고
30~40년은 지난 것 같은 버스를 몇 시간씩 타고
히말라야의 산맥이 보이는 아주 작은 마을로 굽이굽이 넘는다.
버스에서 보이는 산 아래는 끝이 보이지도 않고
차가 겨우 마주칠 수 있는 좁은 길을 따라 몇시간 가다보니
버스 바닥과 창가에는 뱃 속의 오물들로 얼룩진다.
현지인에게도 급하게 구불거리는 길엔 속수무책인가 보다.
예정되었던 산 속 어느 마을에 나를 홀로 내려놓은 채,
버스는 또 제 갈 길로 떠나버렸다.
난 또 하룻밤 머무를 거처할 곳을 찾아 이곳저곳 기웃거려 본다.
이 인도의 시골 구석에서도 사람들은 나름대로

삶의 고통과 행복을 구분지으며 살아가고 있고,
구분짓는 개수 만큼이나 각기 다르게 보이는 세상들 속에서
이들 또한 삶의 의미를 찾고 있을 것이다.
그러면 이 깊은 산중의 사람들에게 보여지는 세상은
또 어떤 세상일까?
산은 그대로 머무는 산이고 물은 항상 바다로 향해가고
구름은 바람 부는 대로 흐르는데…
그 어떤 갈증을 해소하려고 이곳 저곳에 서성대는 나의 도화지에는
미로를 찾는 크레파스의 여러 가지 색깔로 가득 채워져 있다.

아직도 바보스런 방랑자처럼…

- 2016년 5월 어느날에

내 진심을 알아주는 사람이 있다면…
그가 내 말을 듣고 변했다면… 신께 감사드려라!
마음이 다른 사람에게 전달되어
변화로 이어지는 일은 기적같은 것이니까.
당신이 좋아하는 사람이 당신을 좋아해 주는 것.
그것이 바로 삶의 가장 큰 기적이다.

- 생텍쥐베리 / 어린왕자 -

지금의 삶에
더없이 소중함을 느끼면서…


# 산책하는
# 오솔길에서
in the path through a forest


며칠 동안 오전에는 몸이 찌뿌듯하여
포행하는 것도 하루 이틀 쉬었다.
오늘은 하늘에 구름 한점 보이지 않고 날씨도 따뜻해서
점심 공양 후에는 겨울 동안 가 보지 못한 포행길로 접어들었다.
바리메오름 쪽으로 들어가서 노루오름 쪽으로 향하는 산길은
겨울 동안 길이 얼어 있어서 차로는 접근할 수가 없었지만
오늘은 다행히 따뜻한 날씨에 안쪽으로 접근할 수 있었다.
따뜻한 기운에 얼었던 길이 제법 녹아 보이지만
질퍽거리고 미끄러워 또한 조심스럽다.
하지만 아무도 없는 산길을 걸으며
혼자 웅얼대는 맛을 어찌 놓치겠는가?

회향 의미를 곱씹어볼 수 있는 참 소중한
시간이 주어진 지금이 감사할 따름이다.
그런데 요즘들어 걷는 시간이 길어질수록 무릎과 고관절에서
보내는 작은 통증이 잦아지는 것을 느낀다.
몸뚱아리도 제자리를 찾아가려는 눈치를 서서히 주기 시작한다.
그러면 마음 또한 갈등을 시작한다.
육체色가 있기에 마음心이 있고
마음이 있기에 육체가 있는 것이지만
둘이는 노상 그렇게 토닥대며 싸우고 화해하기를 반복한다.
나라고 하는 놈은 저곳 구석진 곳에
내팽개쳐진 채 자기들이 주인 행세를 한다.

아프다고 징징대는 육체가 나인지?
생각, 마음이라는 의식이 나인지?
그 생각 속에서 슬그머니 웃어주는 그놈이 나인지?

회향하는 그 날까지 난 그 놈을 찾을 수 있으려나?

━━━

마음 깊은 곳의 빛!
마음 속의 비밀을 비춰내어 삶을 충족하게 해주는 한 줄기 빛!
그 한 줄기 빛으로 온갖 비밀이 깨질 때까지
나는 내 안에 살아 움직이는 모든 것에 깨어 있고 싶다.
궁극에 이르기까지 매 찰나들을 느끼고 싶다.

- 칼릴 지브란 -

# 10 happiness

## 2021~2022년
## 겨울

본래 하나인 것을 · 가난과 비움 사이 · 입춘기도와 상념들 · 노루와 들개 · 무지의 축복 · 새로운 지금 이 순간 · 미운 마음과 고운 마음 · 죽음이라는 멋진 친구 · 탐모라질 둘레길에서 · 바람의 모습 · 유튜브를 시작하면서 · 육지 나들이 2 · 부활절 단상

본래 그 자리로 돌아가고 싶은 마음은
가득하지만…

# 본래 하나인 것을
originally from oneness

며칠 전만 해도 얼었던 산길이 녹아
질퍽질퍽하던 곳에 하얗게 얇은 눈이 덮히고 다시 얼었다.
다시 찾아온 추위와 얇은 눈 길엔 내가 밟고
지나가는 자국들이 그림자처럼 따라온다.
사람이 오고가지 않는 산길로 접어드니 사방이 산수국 밭이다.
아직 떨어지지 않은 꽃잎들이 부는 바람에 안간힘을 쓴다.
바시시 떠는 모습에 잠시 곁에 머물러 본다.
나에게 잠시 머물며 차 한 잔씩 나누고
돌아가는 인연의 모습과 겹쳐지면서,
그들의 마음 속에 풀어지지 않는
아주 작은 앙금들과 닮은 것 같아 애잔하다.

이별과 만남, 죽음과 탄생, 추함과 아름다움,
슬픔과 기쁨 등의 개념들…
분별을 만들어내어 개념이 생기고…
그런 개념 중 어느 것에 좋아하고 싫어하고…
좋은 것에 애착하는 번뇌가 생기면서
결국 고통스러운 마음을 만들어낸다.
마음은 이렇게 본래 하나인 것을 둘로,
둘을 네 개로 쪼개어 개념을 만들고 애착하여
스스로 번뇌하는 아주 못된 습관을 갖고 있나보다.
그리곤 행복한 마음만 계속 존재하기만
바라는 어리석은 존재일지도 모른다.
행복이란 또 다른 고통의 종류라는 것을
모른 채 또 하루가 지나가듯이…
본래 하나였던 그놈의 마음은 도대체 어디 있을까?
그리고 내 속에 숨어 있다는 부처와 예수를 어떻게 찾을까?

나도 모르게 갖고 태어난 업 속에서
오늘도 나는 그렇게 마냥 허우적거리고 있나 보다.


━━━

하늘도 아니고 바닷속도 아니다.
산 속의 바위틈에 들어간다고 해도 벗어날 수 없다.
악업惡業에서 벗어날 수 있는 곳은 온 세상에 한 곳도 없다.

- 법구경 -

장님이 되어버린 마음이
언제 손녀의 마음을 닮을 수 있을까?

# 가난과
# 비움 사이
poor mind & empty mind


이렇게 더운 날에도 어김없이 순례 시즌이 시작되나보다.
주로 스리랑카 불자분들이지만 미얀마, 인도 남부
그리고 세계 각국의 불자들도 계신다.
부처님께서 금강경을 설하신 곳인
기원정사를 참배하러 오신 불자분들이다.
그러면 그동안 굶주렸던 원숭이들이
순례객들이 버려준 음식을 먹느라 온통 난리다.
원숭이들과의 싸움이 시작되었지만
이들도 내가 다가가는 것에 대한 이유를 눈치챘다.
내 마음에 전혀 그들과 상관없는 일을 하려고 할 땐,
그들은 벌써 알아차리고 다가가는 것에 무관심한다.

내 마음이 비어있는 것을 안다.

조금이라도 쫓아내려는 마음을 갖고 다가설 땐

민첩하기 그지없다.

이곳에 날아드는 새들조차도 그들과 전혀 상관없는

일을 할 때는 내가 다가서는 만큼만 물러선다.

새들조차도 내 마음이 비어있다는 것을 어찌 안다.

곡식 말리는 시절엔 내 마음에 독기가 있는 것을 눈치채고

그렇게 잽싸게 날아가버리더니만…

이곳 학교에 오는 아이들조차도 나의 마음을 읽고 눈치챈다

나에게 달려드는 모습에서 나는 내가 그들에게

얼마만큼 비워주었는지를 그들을 통해서 읽는다.

마치 손녀는 자기가 아무리 짜증을 내도,

앙탈을 부려도, 때를 쓰고 미운 짓을 해도

내가 이뻐하고 있다는 느낌을 너무 잘 알고 있듯이…

할배 마음이 그냥 비워있음으로

어쩔 수 없이 안아줄 것을  어느새 눈치챈다.

어릴수록 비워있는 마음을 눈치채는 고수이다.

어른이 될수록 눈치채는 거울에 때가 끼나보다.

장님이 된다.

마음이 집착의 부자가 되어버렸다.

그래서 예수님도 마음이 가난하라고 말씀하셨고,

불교에서는 방하착放下着을 자주 이야기 하나보다.

내가 알고 있는 조금의 알음알이가

어느새 집착과 장님의 원인이 되었나 보다.

이곳에서는 원숭이도, 새들도, 꼬마들도
모두 나에게는 가르침을 주는 선승이다.

- 인도 천축선원에서 2018년 9월 어느날에

──────

바히야여
보일 때 너에게는 보임만 있고,
들릴 때는 들림만 있고,
느껴질 때는 느껴짐만 있고,
알려질 때는 알려짐만 있게 된다면
그 때 바히야여,
...너는 그 속에 있지 않게 될 것이다.
바로 이것이 아상我相의 끝이다.

- 초기경전 -

──────

오고, 머물고, 떠나가는 상념들을
그냥 바라보면서…


# 입춘기도와
# 상념들
onset of spring & thoughts


3일간의 입춘기도가 어제 회향을 하고 마무리가 되었다.
입춘은 사주학으로 띠가 바뀌는 날이고,
원숭이띠, 쥐띠, 용띠의 삼재를 위한 행사도 잘 마무리 되었다.
아주 작은 일에도 민감한 마음이 만들어낸
민간신앙의 일부이겠지만 사람들이 위로를 받을 수 있다면
그 또한 좋은 일이 아닐까 싶다.
입춘이 지난 오늘 새벽엔 눈이 온다.
겨울이 떠나기 싫어 앙탈부리는 모습에서,
살짝 부는 바람에 흐느적대며 내려오는 하얀 눈의 모습에서
나의 모습을 들킨 것 같아 슬며시 입가가 올라간다.
어둠이 걷히는 이 시간에, 읽던 책을 옆으로 밀어놓고

잠시 창가에 시선을 멈춘다.
포근히 내려오는 눈방울들이 나로 하여금
쓸모없는 상념들이 또 찾아오게 하지만,
지금 이런 순간의 느낌이 흡족스러운 것을 어찌하랴!
외로움!

인간 누구나 가슴 가운데 간직하고 살아가는
외로움이라는 병, 누군가 그병을 회향병懷鄉病이라고 하였다.
가슴에 고향을 품고 있다는 것이다.

그저 막막하게 돌아가고 싶은 그곳,
그 고향은 어디에 있는 고향일까?
외로움의 근원은 싯다르타와 예수가
갈망하던 깨달음과는 어떤 관계일까?
순간 바람이 몰아치니 눈송이들이 갑자기 거꾸로 솟아오른다.
그리곤 나에게 되묻는다.
나는 어디로부터 왔을까?



胡馬依北風 호마의북풍
越鳥巢南枝 월조소남지

북쪽에서 온 말은 북풍이 불면 귀를 북쪽으로 세워 소리를 듣고
남쪽나라에서 온 새는 언제나 고향에 가까운 남쪽 가지에 깃든다.

- 옛 한시 -

누군가로부터 초대하지 않았어도
저 세상으로부터 찾아왔고
또한 누군가로부터 허락받지 않아도
이 세상으로부터 떠나간다.


# 노루와 들개
Roe deer & wild dog


제주도 고사리 채취하는 시기는
대략 4월 중순부터 6월 초까지인 것 같다.
작년에 고사리 채취하러 갔었던 언덕 둘레 길은
고사리 철을 제외하면 사람을 거의 볼 수 없다.
아무도 없는 둘레길은 나에겐 천국이다.
오랜만에 버섯농장을 시작으로
노루오름에 이르는 중간을 거쳐 제법 멀리 돌았다.
눈이 살짝 녹은 후 얼어서인지 오르는 길은 제법 힘들다.
그런데 내려오는 도중 죽은 노루 한마리가 보인다.
아마도 들개들에게 당한 것 같다.
겨울철 먹이를 구하기 위한 몸부림은 노루나 들개

그리고 살아있는 모든 것이 마찬가지 아닐까?
가끔 들개의 대변이 거의 초목인 것을 절 부근에서 볼 때마다
마음이 찡하던 것이 오늘은 감지 못한
노루의 동그란 까만 눈동자가 또 나를 뭉클거리게 한다.

그렇게 살아있는 것들은
누군가로부터 초대하지 않았어도 저 세상으로부터 찾아왔고 또한
누군가로부터 허락받지 않아도 이 세상으로부터 떠나간다.
장작에 불이 붙어 타오르던 것이
불이 사그라들면 불의 인연이 다한 것처럼 말이다.
그렇게 우리가 살고 있는 사바세계는
선악善惡과 시비是非가 어울리고
고락苦樂과 희비喜悲가 엇갈리며
끊임없이 제행諸行이 무상無常함을 보여준다.

타오르는 불 또한 장작과 인연을 맺음으로써 시작되었기에…

––––––

만약 이 세 가지가 이 세상에 없더라면,
붓다가 세상에 출현하지도 않았을 것이고,
여래가 가르친 모든 가르침도 세상에서 빛을 발할 수 없었을 것이다.
어떤 것이 그 셋인가?

태어남生과 늙음老, 죽음死이 그것이다.

- 붓다 -

무덤덤한 인도인과
생각이 많은 나 사이의
차이는 무엇일까?


# 무지의 축복

calm mind in indifferences


아침엔 천축선원 보광초등학교의 천사들과
손을 맞추고 눈을 맞추는 것이 일과이다.
마주치는 손바닥보다 요즈음에는
머리쪽과 얼굴 그리고 목덜미 쪽에 자주 눈이 간다.
툭툭 불거진 곳이 점점 많아지는 시기인가보다.
아이들의 피부도 이 기나긴 여름이 힘겨운가 보다.
한국의 한 여름 정도로 생각하고 순례오신 분들이
고개를 절레절레하면서 돌아갈 길을 재촉한다.
순례오신 분들이 괴로워하는 모습을 보는
내 마음이 스스로 안쓰러워서
빨리 다른 곳으로 떠나시길 바라는 마음도 한구석엔 존재한다.

우리나라 한 여름의 날씨보다 한 단계 높은 더위가
3월 중순부터 6월 중순까지는 40도에서 50도,
습도는 10% 정도로 바람이 세게 부는 여름이고,
6월 중순부터 10월 초순까지는 온도 35도에다가
습도는 무려 90%를 육박하는 또 다른 종류의 여름이다.
여름이 점점 길어지고 있단다.
하지만 주어진 환경에 무덤덤한 성품을 가진 인도인들에겐,
또한 다른 세상을 모르고 사는 이곳 주민들에겐,
아니면 주어지는 것에 별로 분별심을 나타내지 않는
인도인 특유의 성격 때문에 이 여름도 조용하게 지나가고 있다.
어차피 세상의 모든 것이 같은 모습의 상태로
혹은 같은 마음의 상태로 영원할 수 없고
변화하며 지나가는 것이니…
무상無常함에 길들여진 것처럼 평온하다.
그 속에서 무언가 바쁜 척 해야 살아 있는 것 같은 느낌의 나는
아직도 내가 살아온 세상에서 길들여져 있는 채로 남아있다.
같은 환경과 공간에서 나는 어느 땐 외계인 같다.
그렇게 구분을 하며 살아온 삶의 습관들이
오히려 고통을 스스로 자초하는 줄도 모른 채
그렇게 인도 시골에서 한여름이 가고 있다.

- 인도 천축선원에서 2017년 여름

하나님의 나라는 볼 수 있게 임하는 것이 아니요.
또 여기 있다, 저기 있다고도 못하리니
하나님의 나라는 너희 안에 있느니라.

- 누가복음 -

"새로운 지금 이순간"
나라는 분별하는 마음, 누더기진 마음이
끼어드는 것을 어떻게 알아차릴까?

# 새로운 지금
# 이 순간
Right at this moment

우리 절 입구에는 화산석을 다듬고 정리하여
정원을 꾸미는 분이 계신다.
70을 바라보는 나이에도 무거운 돌과
생활을 하시는 일과 덕분인지 대단한 건강미를 뽐내신다.
하지만 세월이 지나면서 찾아오는 인적이 뜸하면
하루 잠깐 찾아뵙고 삼박자 커피로 서로를 위로한다.
그러한 거사님 또한 갖고 태어난 습쩝에다가,
살아오면서 생긴 습쩝들이 겹쳐져
아마도 나처럼 덕지덕지 누더기가 두텁게 쌓여 있을 것이다.
이 두터운 자기만의 개념과
타인의 또 다른 덕지덕지의 개념이 만나

조화롭기가 참 쉽지는 않을 터이겠지만…
거사님과 나는 나름대로 조화롭게
서로 많은 대화를 하면서 살아가고 있다.
또 이렇게 세상을 배우기도 한다.
사람들은 자기개념에 빠져들면
생각과 행동의 유연성이 줄어들고,
특정한 자기개념에만 집착하게 되는 악순환이 돌고 돈다.
"새로운 지금 이 순간"
나라는 분별하는 마음, 누더기진 마음이
끼어드는 것을 어떻게 알아차릴까?

생각은 생각에 불과하다는 것을
조금씩이나마 알아채야
어우러지는 맛이 더 맛깔질텐데…

━━

우린 모두 여러 가지 색깔로 이루어진 누더기.
헐겁고 느슨하게 연결되어
언제든지 누더기들이 원하는대로 펄럭인다.
그러므로 우리와 우리 자신 사이에도,
우리와 다른 사람들 사이만큼이나 많은 다양성이 존재한다.

- 몽테뉴의 수상록 -

━━

끊임없이 변화되고 있는 나, 너,
그리고 우주의 만물들!

# 미운 마음과
# 고운 마음
## what am I?

이틀 정도 눈이 제법 왔다.
한라산 진달래 밭엔 113cm나 왔다고 한다.
1100고지 올라가는 길도 막혀있다.
작년에는 너무 많이 와서 10일 넘게 절에 갇혀 있었는데…
올해는 며칠 갇힐려나!
마침 절 뒤의 언덕배기에 나무를 베는 작업을 하기 위한 길이 생겨
한번 올라가기로 하고 절 문을 나섰다.
나서는 길목에서 3달 전에 14년 동안 키우던 말티즈를 물어
숨지게 한 진도견 돌쇠가 나를 보더니만 펄쩍펄쩍 뛴다.
그 모습이 안쓰러워 힘이 장사인 돌쇠를 데리고
절의 뒷산으로 올라갔다.

추위에 옷을 단단히 챙긴 것이 오히려 화근이다.
발목 깊숙히 빠지는 눈 속과 돌쇠의 힘에
옷이 완전히 땀에 다 젖어버리고 말았다.
그런 돌쇠에 대하여
어느 때는 미운 마음으로, 어느 때는 측은한 마음으로,
오늘처럼 같이 산길을 오르내릴 때는
또 좋아하는 여러 마음들이 오고간다.
마치 숲속을 돌아다니는 원숭이가
이 가지를 잡았다가 놓아버리고 저 가지를 잡았다가 놓아버리듯이,
우리가 생각, 마음, 의식이라고 부르는 것도
밤이나 낮이나 이 생각으로 나타났다가 저 생각으로 사라진다.
마음도 그렇게 변화되어가고, 몸도 그렇게 변화되어가고,
세상도 변화되어가고, 자그마한 원인이든, 큼직한 원인이든,
모든 것이 연기緣起되어 끊임없이 변화되어 간다.
하지만 "만물은 이렇게 변화되어지는 과정 속에 있다"는 것을
눈치채기가 또한 만만치 않다.

그 변화 속에서의 과연
"나는 무엇일까?"

━━━━━

어떤 견해가 옳거나 그르다고 고집하는 사람들은
자기 견해의 갈고리에 걸리고 찔리고 찢겨져 날리는 것을
충분히 보았느니라!
- 앙굿다라 니까야 -

인생에 딱 한번만 누군가 먼저 초대를 할 수 있고,
초대를 받는 순간에는 모든 것을 제쳐두고
쏜살같이 달려가서 응해야 하고 흔쾌히 포용해줘야 한다.

# 죽음이라는
# 멋진 친구
a wonderful friend of death

나에겐 아주 멋지고 좋은 친구가 있다.
내가 태어날 때부터 지금까지 쭈-욱 같이 생활하지만
보일 듯 보이지 않을 듯 하며 산다.
좋은 시절에는 내가 너무 쌀쌀맞고 냉정하게 잊고 있다가,
나쁜 시절에는 날 불쑥 찾아와 많은 생각을 갖게 하고
항상 돌이켜 바른 방향을 설정해주는 아주 어른같은 친구다.
이렇게 살아있는 동안 내 주위를 맴돈다.

그런데 이 친구랑은 철저히 지켜야 할 약속이 있다.
인생에 딱 한번만 누군가 먼저 초대를 할 수 있고,
초대를 받는 순간에는 모든 것을 제쳐두고

쏜살같이 달려가서 응해야 하고 흔쾌히 포옹해줘야 한다.
그런 이유로 항상 준비를 하고 있어야 한다

그리곤 우리는 영원히 헤어져야 한다.
그래서 우린 서로 꺼려하는 모습도 있지만
요즘은 넘 친하게 지내고 있다.
그래서일까?
요즘엔 아주 가깝게 다가와서 재미있는 이야기도 주고 받는다.
그러니 오히려 생활이 즐겁고 여유롭다.

이 친구의 이름은 죽음이라는 멋진 친구이다.

- 2016. 8월 어느 날. 인도에서 천축선원

━━━

나 하늘로 돌아가리라
새벽빛 와 닿으면 스러지는 이슬 더불어 손에 손을 잡고

나 하늘로 돌아가리라
노을빛 함께단 둘이서 기슭에서 놀다가 구름 손짓하며는

나 하늘로 돌아가리라
아름다운 이 세상 소풍 끝내는 날
가서, 아름다왔더라고 말하리라!

- 천상병 시인 / 귀천 -

━━━

지금 현재 나와 함께 하고 있는 것에
감사하는 시간이 되었기를 바라면서…


# 탐모라질
# 둘레길에서
along the coastline of jeju


나에게 가장 소중한 보살님과 친구 보살님 두 분이 오셨다.
올레길과 비슷하지만 해안둘레길만 도는
탐모라질 둘레길을 6일 정도 걸을 예정이란다.
하루 20km 정도 되는 거리이니, 환갑을 넘은 나이로
오랜만에 걷는 길이 만만치는 않을 것 같았다.
하지만 잘 마무리하고 떠나는 오늘 새벽에는
이별이 아쉬운 비가 세차게 왔다.
그들이 머무는 동안만이라도
영혼이 자유로왔으면 하는 바램으로 그들의 여정을 도왔다.
사람들은 추상적인 개념들을 스스로 구체화시키고
우리들 스스로 만든 에고ego속에 분별이라는 고정된 틀을 만들고

스스로를 가두어 놓는 습관을 갖고 있다.
그리고 그 편견 속에서 안주하고 싶어한다.
또한 그 속박 속에서 편안함을 느낀다.
이것은 또 다른 종류의 업이 생기는 과정이다.
그러한 속박에서의 탈피는 스스로의 에고를 눈치채야 한다.
그래야 잠시라도 빠져나올 수 있고,
영혼의 자유라는 맛을 조금이라도 맛볼 수 있지 않을까?
하여간 두 분이 도리천의 하늘을 뒤덮은 인드라망의 구슬처럼,
서로 기대어 사이 사이에 얽혀있는 관계를 이해하고,
이 세계가 이렇게 서로 연기緣起되어
나타나고 사라지는 모든 것들이
지금 현재 나와 함께하고 있는 것에
감사하는 마음이 되는 시간이 되었기를 바라면서…
두 보살님의 일주일이 두 분의 기억 속에 오래 머물고
더 좋은 서로의 인연이 되길 합장드리오며!

―

우리는 삶에서 특정한 역할이나 자기 이해의 틀 속에
갇혀 있는 것처럼 느낍니다.

이유는 스스로 정체성을 정립하여
그 속에 자신을 가두고는 그것이 진짜 자기이며 또
그렇게 되어야 한다고 믿기 때문입니다.

- 티벳의 어느 스님 글 -

―

바람은 내가 살아있는 동안에
항상 새로운 모습으로
들어오고 나가기를 반복한다.

# 바람의 모습
the figure of wind

나는 예전에는 바람의 형체가 없는 줄 알았다.
그런데 그토록 많은 모양과 소리를 갖고 있는 줄
이제야 알았다.
어느 땐 사나운 말의 모습으로 온천지를 뒤집어 놓고
어느 땐 예쁜 손녀 엉덩이 춤처럼 살랑거리고
어느 땐 빗소리와 함께 옛날 가수의 목소리처럼 흐느적거리고
어느 땐 유클립투스의 높은 꼭대기에서
흘러내린 가냘픈 잎조차도 미동도 하지 않는
깊은 침잠의 모습을 보이기도 한다.
숨을 쉬는 호흡 또한 바람과 같은 모습이라는 것을
요즘에야 느낀다.

어느 땐 사나운 말처럼 거친 호흡이 온 상체를 들썩거리게 하고
어느 땐 손녀의 허리 춤을 닮았고
어느 땐 코 앞의 창호지가 미동도 하지 않을 정도의
깊고 세밀한 숨이 오고 간다.
어느 것이든지 일정한 모양으로 머무르는 법이 없다.
내가 살아있는 동안에는 항상 새로운 모습으로
들어오고 나가기를 반복한다.
세상의 모든 모습들이 그래서
항상함이 없는 무상無常인가 보다.
그렇게 우리는 바로 곁에 다른 듯 같은
세상들이 있다는 것도 눈치채지 못하고 그냥 산다.
그래서 요즘엔 나이를 먹는다는 것이
'참! 좋구나' 하는 느낌도 드는 것은
예전에 갖지 못했던 느낌들이
스멀스멀 올라오는 것을 보기 때문일까?
아니면 세속의 그 많던 짐들이
하나씩 하나씩 내려 놓아진 까닭일까?
인도 스라바스티의 하루가 또 이렇게
이쁜 모습으로 지나가고 있다.
어디서 시작을 하였는지도 모르고
어디로 가는지도 모를 바람은
오늘은 나의 이야기를 싣고 어느 곳에 내려 놓으려나?

바람이 오면

오는대로 두었다가

가게 하세요.

그리움이 오면

오는대로 두었다가

가게 하세요.

그리움이 오면

오는대로 두었다가

가게 하세요.

아픔도 오겠지요.

머물러 살겠지요.

살다간 가겠지요.

세월도 그렇게 왔다가 갈거예요.

가도록 그냥 두세요.

- 도종환 / 아픔이 오면 -

우리 모두 시작은
그 어려움의 긴장되는 마음으로
시작되었으리라!


# 유튜브를
# 시작하면서


육지에서 잠시 머무는 동안 식구들이 모여
점심을 먹고 환담을 나누는 중에
유튜브에 대한 이야기가 시작되더니만
결국 나에게 시선이 모아졌다.

컴맹 정도는 아니지만
회사 생활할 때 하던 프로그램과는 완전히 다르고
독수리 타법으로 조금씩 글을 쓰는 정도 밖엔 되지 않는
나도 관심이 집중되었고 드디어 시작해 보는 것으로 하였다.

어느 누구든지 시작할 때의 두려움,

어색함, 부자연스러움 그리고 나중에 보면
어린아이 같은 초라함에 대하여
감추고 싶어하는 마음을 어찌하겠는가?

아마도 우리 모두 시작은
그 어려움의 긴장되는 마음으로 시작되었으리라!
태어난 아기의 첫 울음소리처럼,
그런 첫 울음소리의 숭고함의 기회를 어찌 마다하랴!

거기까지가 아름다움입니다.

기대한만큼 채워지지 않는다고 초조해하지 마십시오.
믿음과 희망을 가지고 최선을 다한 거기까지가 우리의 한계이고,
그것이 우리의 아름다움입니다.

누군가를 사랑하면서
더 사랑하지 못한다고 애태우지 마십시오.
마음을 다해 사랑한 거기까지가 우리의 한계이고,
그것이 우리의 아름다움입니다.

지금 슬픔에 젖어 있다면
더 많은 눈물을 흘리지 못한다고 자신을 탓하지 마십시오.
우리가 흘린 눈물, 거기까지가 우리의 한계이고,
그것이 우리의 아름다움입니다.

누군가를 완전히 용서하지 못한다고
부끄러워 하지 마십시오.
아파하면서 용서를 생각한 거기까지가 우리의 한계이고,
그것이 우리의 아름다움입니다.

빨리 달리지 못한다고
내 발걸음을 아쉬워하지 마십시오.
내 모습 그대로 최선을 다해 걷는 거기까지가 우리의 한계이고,
그것이 우리의 아름다움입니다.

세상의 모든 꽃과 잎은 더 아름답게 피지
못한다고 안달하지 않습니다.
자기 이름으로 피어난 거기까지가 꽃과 잎의 한계이고,
그것이 최상의 아름다움입니다.

- 감동 편지 / 거기까지 -

평온을 가져올 수 있는 외로움은
참 좋은 벗인 것 같다.


# 육지 나들이 2
on the way to seoul


새벽에 비가 오더니만
제법 차가운 바람이 분다.
6개월에 한번씩 받는 병원 검사 때문에
서울에 잠깐 들러야 하는 시점에 비가 오고
날씨도 제법 춥다.
두꺼운 옷으로 갈아 입어야겠다.
이제는 도심, 그리고 인연들과 떨어져서 사는 것에
익숙해지는 것인지
번잡한 곳에 가서 하루 이틀 지나면
또 외로워지고 싶은 생각으로 빨리 돌아가고 싶다.
내 책상에서 보이는 호젓함과 점심공양을 마치고

걷는 산속의 오솔길이 마냥 그립고
책 속에서 언뜻언뜻 보이는 보석같은 구절들이 그립다.
예전 세속 생활 때의 개념들, 그 당시의 소중했던 가치들과
내 곁에서 사라지면 안될 것 같았던
숱한 인연들도 이렇게 멀어져 간다.
그러면서 삶 속에 내가 조금씩 자리잡기 시작한 것 같다.
나를 조였던 것들로부터의 자유스러움이다.
그것은 평온을 가져올 수 있는 외로움이라는
참 좋은 벗인 것 같다.
세속의 행복은 항상 파고가 있어 기쁜 감정을 유발한다.
그저 평화로워져야 한다.
그저 잔물결조차 보이지 않아
하늘의 달을 보듯 해야 한다.

물리 맑으면 달이 나타나고
물이 흐르면 달이 숨고 . . .
물이 맑고 흐림에 인연한 것일 뿐 . . .
달이 오고 가는 것이 아니지 않은가!

- 오가해에서 -

하나의 비움은
또 다른 채움을 가져온다.

# 부활절 단상
on easter

머물고 있는 절의 부근에는 엄나무들이 많다.
어제는 제법 높은 엄나무에 달려있는 새파란 잎들을 따기위해
사다리를 이용하여 아예 가지를 잘라낸다.
"서울 촌놈이 왜 가지를 부러뜨리는지?" 라고 물어보니
"내년에 또 생겨유~~~"
그 순간 문득 십자가가 떠오른다.
오늘이 부활절이라서 그런 것인가?
그냥 무심히 지나치면 될 것을 그러한 자그마한 일을
화두로 연결시키는 못된 습관이 나에겐 있나보다.
그렇게 딴 엄나무 순들이 점심식탁에 올라오면
스님들과 오신 신도분들이 너무 맛있어 한다.

그렇게 하나의 비움은 또 다른 채움을 가져온다.
이렇게 우주란 모든 것이 서로 이어져
서로에게 원인이자 결과가 되어준다.
서로 만났다 헤어짐을, 매듭이 졌다간 풀어지고를 반복할 뿐이
듯,
우주의 모습은 인연으로 생겼다 사라지는 연기인가 보다.
그리고 연기는 곧 비움 그 자체인 공이다.
석가의 비움은 공空사상에 드러나고 있고,
예수의 비움은 십자가의 케노시스에서 드러나고 있다.
십자가는 자기를 낮추고 비우는 것,
즉 공空을 가장 잘 나타내는 상징이다.

성서 속의 욥의 고백처럼
"주시는 자도 여호와요,
가져가는 자도 여호와이심을 믿나이다"
부활절에 분심이 일어난다.

- 2019년 관악산에서

# 11 happiness

## 손녀에게

코끼리 이야기 · 화가 나면… · 거울 · 하마의 눈알 · 1 이라는 숫자 · 요술 나무 · 사랑받은 토끼 · 화내는 할아버지 · 화가 번지면 큰일나요 · 게으른 귀뚜라미 · 할아버지는 천재 · 봄이 오면 얼음이 녹아요 · 얼룩진 거울 · 도둑고양이 · 하늘의 별빛 · 꼽사리 · 수수께끼 · 어느 곳에서도 · 여우의 꼬리 · 두마리의 늑대 · 원숭이와 도토리

# 코끼리 이야기

서커스단에 아주 작은 코끼리가 들어 왔어요.
서커스 대장은 아기 코끼리가 하도 장난을 많이 쳐서
작은 기둥에 묶어 버렸어요.
아기 코끼리는 있는 힘을 다해서 기둥을 뽑아버리려고 하였지만
아직 아기 코끼리는 힘이 약해서 뽑을 수가 없었어요.
시간이 많이 지나고 코끼리는
이제는 아주 커다랗게 변하였고 힘도 세졌어요.
하지만 여전히 작은 기둥에 묶여 있었어요.
코끼리는 아직도 자기가
작은 기둥을 뽑을 수 없다고 믿고 있기 때문이지요.

"전에도 못했으니까, 지금도 못해" 라고
바보같은 생각을 하지 마세요~~~

# 화가 나면…

화가 나면 손가락으로 오른쪽 코를 막고
숨을 들이마시고 내쉬고 10번만 하면
화가 어디론가 도망을 가 버려요.

율이도 화가 나면 요술을 한번 부리세요.

# 거울

거울 두개를 양쪽에 놓고 율이가 가운데 있으면
거울 양쪽에 율이가 몇명으로 나타날까요?
우와!
셀 수 없을 만큼 많은 율이가 양쪽 거울에 나타나요.
한번 해 봐요~~~

# 하마의 눈알

연못에 살던 하마가 신나게 놀다가
잘못해서 한쪽 눈알을 잃어버렸어요.
그래서 잃어버린 한쪽 눈을 찾으려고 허둥지둥
연못을 휘젓고 다니니깐 연못이 흙탕물이 되어 버렸어요.
흙탕물 속에서 눈알을 찾지 못한 하마가 풀이 죽은 채 앉아 있는데,
악어가 다가와서 하마에게 귓속말로 말했습니다.
" 하마야, 너도 나처럼 가만히 기다려 봐.
그럼 잃어버린 눈알을 찾을 수도 있을거야"
그래서 하마는 악어처럼
꼼짝도 하지 않고 연못을 바라보고 있으니깐,
서서히 물이 맑아지면서 연못의 바닥에서
하마의 잃어버린 눈을 발견을 하게 되었지요.

율이가 화가 날 때는 율이의 착한 마음도 연못 속에 숨어 있어요.
그럴 때는 말도 하지말고 가만히 있으면 마음이 가라앉아요.
알았지요?

# 1 이라는 숫자

1.2.3......9.10.100.1000.10000
이 숫자들 속에 숨어 있는 숫자가 하나 있어요.
바로 1 이라는 숫자입니다.
2= 1+1
3= 2+1 또는 1+1+1
10= 9+1 또는 1 이 10
100= 99+1 또는 1 이 100개
1 없이는 모든 숫자를 시작할 수 없어요.
사람도 얼굴이 검은 사람, 하얀 사람, 노란 사람 등
많은 색깔의 사람들이 있지만
똑같이 마음 속에 숨어 있는 것이 있지요.
바로 착한 마음, 하나님 마음, 부처님 마음이지요.
너무 깊은 곳에 숨겨두면 안되요.
그러면 나쁜 마음이 나타나요.
율이는 숨겨두지 마세요~~~~

# 요술 나무

한 젊은이가 여행 중에
아주 크고 멋진 나무 밑에서 쉬게 되었어요.
그런데 그 나무는 소원을 들어주는 요술 나무였지요.
그 청년이 배가 고파서 주위를 두리번 거리다가
"뭐 좀 먹을 것이 없을까?"하고 말을 하자마자
나무는 낙엽이 떨어지듯
슬며시 맛있는 음식을 내려 주었습니다.
배가 불러오자 젊음이는 이번에는
"뭐 좀 마실 것이 없을까?"하고 두리번 거리자,
이번에는 물이 가득찬 맛있는 열매를 내려주었어요.
껍질을 벗기고 열매를 맛있게 먹은 젊은이는
이야기 하는 대로 이루어지게 하는 나무를 보며
신기해 하면서도 "이게 꿈인가?
도깨비들이 장난하는 것인가?" 하고 불안해 하자마자
정말로 도깨비들이 나타났어요.

그러자 겁이 난 젊은이가
"아! 나는 꼼짝없이 죽겠네! 어이쿠" 하고 말하자마자 졸도해서
죽고 말았어요.
요술나무가 젊은이의 소원을 들어주었지요?

율이의 소원은 무엇인가요?
꿈에서 요술나무를 만나면 무서워 하지 마세요.
마음에 항상 좋은 것들로 가득하게 있으면 괜찮아요~~~

# 사랑받은 토끼

토끼집을 3단으로 만들었어요.
먹이를 주는 여자는 키가 작았답니다.
그래서 밑의 1단과 2단에 있는 토끼는
먹이를 준 후 안아주고 뽀뽀도 해주었어요.
그런데 꼭대기 3층에는 키가 작아 먹이만 주었어요.
시간이 지나면서 사랑을 받지 못한 3층의 토끼들은
병에 걸려 일찍 죽고 말았답니다.
율이는 사랑을 많이 많이 받고 있나요?
나중에 어른이 되면 다른 사람들도 많이 많이 사랑해 주세요
할아버지도 사랑해 주세요~~~
ㅎㅎㅎ~~~

# 화내는 할아버지

어느 사람이 화가 나서 땅에다 침을 뱉어도,
어느 사람이 다른 사람 몰래 오줌 똥을 길거리에 싸도,
어느 사람이 더러운 물을 땅에 버려도
땅은 아무런 불평도 화도 내지를 않아요.

율이가 땅처럼
화를 내는 친구한테도
욕을 하는 아이한테도
슬퍼하는 꼬마에게도
그냥 웃음을 주는
좋은 아이였으면 좋겠어요.

하지만 할아버지도 몰래 화를 내곤 해요.
ㅎㅎㅎ〜〜〜

# 화가 번지면
## 큰일나요

한마리 양이 주인 몰래 곡식을 먹었어요.
그러니까 주인이 화가 많이 나서
들고 있던 촛불을 양한테 던졌어요.
불은 바로 양의 털로 옮겨 붙었고,
양은 뜨거워서 이곳저곳을 뛰어다니다보니
추수해 놓은 곡식에 불이 붙어서
곡식이 몽땅 타고 말았어요.
곡식에 붙은 불은 또 마을 전체로 옮겨 번졌고,
그 불길에 촛불을 던진 남자도 타 죽고 말았어요.
조그만 화가 나중엔 큰 일이 벌어지네요.

재미있나요?
나중에 진짜 재미있는
이야기 해 줄께요~~

# 게으른 귀뚜라미

귀뚜라미 중에는 게으른 귀뚜라미가 있어요.
아침에 일어나서 얼굴도 닦지도 않고
저녁에 잘 때도 닦지 않는 게으른 귀뚜라미들이지요.
그런 귀뚜라미들 얼굴에 먼지가 쌓이고 때가 쌓이면
방향 감각을 잃어서 죽을 때까지 서로 물어뜯어서 같이 죽고 말아요.
무섭지요!
사람들 중에도 세수할 시간에 컴퓨터 보고
숙제할 시간에 스마트폰 보고
선생님 이야기할 때 오락하는 친구들 있지요?
이런 친구들은 나중에 어른이 되면
다른 사람 다치게 하고 욕하고 못된 짓하는
나쁜 사람으로 변해가요

우리 율이는 세수도 깨끗하게 하고 숙제도 잘해서 할아버지가
걱정이 없어요~~~
사랑해요~~~~

# 할아버지는 천재

전기는 눈으로 볼 수 없어요.
하지만 집에서 쓰는 형광등, 오븐,
머리 말리는 드라이어 등등으로 전기가 있다는 것을 알지요.
마음도 눈으로 볼 수 없어요.
하지만 율이가 하고 있는 행동이나 생각들은
전부 마음이 지시를 하는 것이니깐
마음이 있구나! 하고 느끼는 것이지요.
나쁜 생각을 하면 나쁜 마음이 지시하는 것이고
이쁜 행동을 하면 마음도 이쁘다는 것을 알지요.
ㅎㅎㅎ~~
우와!
할아버지는 천재인가 봐!

## 봄이 오면
## 얼음이 녹아요

봄이 오면 얼음이 녹아요.
하늘에 검은 구름이 비가 되지요.
오늘 아침엔 서리가 내렸어요.
지금은 안개가 자욱하게 왔어요.
작년엔 율이랑 파도놀이를 했어요.
어느 나라에서는 태풍이 왔대요.
한라산에는 아직 눈이 남았어요.

모두 모두 무엇이 변한 것일까요?
맞아요! 물이 변했지요.
그렇게 환경이 변하면 모습이 바뀌지만
본래 물에서 시작해서 나중엔 물로 돌아와요.
우와! 재미있다.

안녕~~~
다음에 또 만날 때까지~~~~

# 얼룩진 거울

거울에 얼룩이 많으면 율이의 모습이 어떻게 보일까?
얼룩이 오른쪽에 많을 때,
혹은 얼룩이 왼쪽에 많을 때
거울에 비치는 율이의 모습이 똑 같을까?
다르게 보일 거야!!!
그러면 얼룩이 없는 깨끗한 거울에는
왼쪽 오른쪽 상관없이
본래의 예쁜 율이 모습이 나타나겠지.
공부를 하는 이유는
바로 거울에 있는 때를 지우는 일과 같단다.

그래서 게으르면 안되겠지?
할아버지는 사랑하는 율이가
항상 얼룩이 없는 모습이었으면 좋겠네~~~

# 도둑고양이

1분은 몇초인가요?

맞아요. 60초입니다

아주 짧은 시간이지요

그러면 시계를 갖다놓고 조용히 눈을 감고

초시계가 움직이는 소리를 들어요.

1분 동안 초시계 움직이는 소리만 들어보세요.

만약 다른 생각이 들어오면

얼른 다시 초시계 소리로 돌아오는 겁니다.

율이한테 도둑고양이가 몇마리였나요?

할아버지는 이런 생각을 도둑고양이라고 불러요.

몰래몰래 찾아오는 생각이니까요.

ㅎㅎㅎ〜〜〜

# 하늘의 별빛

하늘에는 별이 참 많아요
할아버지가 다른 나라 여행갔을 때
밤하늘에는 별이 가득해서 율이 별, 할머니 별,
아빠 별, 엄마 별을 찾기가 힘이 들었어요.
그런데 별이 빛을 내면 바로 우리 눈에 비춰지는 걸까요?

지구에서 별까지 거리는 별마다 다르지요.
어느 별빛은 1년 전의 별빛이~~
어느 별빛은 5년 전에 생긴 빛이~~~
어느 별빛은 50년 전에 생긴 빛이
우주 공간을 날아와서 지구에 도착해요.
우와~~~
율이가 태어나기 전에 출발한 빛이
이제야 도착한 것도 있어요.

그러면 그 별들은 지금 살아 있을까요?
할아버지도 잘 몰라요.
다만 지금 생긴 별빛들이 1년 후, 5년 후
혹은 50년 후에 별빛을 볼 수 있다면
살아 있었던 것을 알 수 있어요.
재미있지요?
~~~

# 꼽사리

물가에 사는 송사리 5마리가 오랜만에 소풍을 갔어요
재미있게 놀다가 배가 고파서 점심을 맛있게 먹고 있는데
모르는 것이 한마리 끼어들어서 같이 점심을 먹길래
서로 아는 친구냐고 물어보아도 아무도 모르는 거예요
그래서 대장 송사리가 물어보았어요.
야! 너의 이름이 뭐야?
그러자 그 놈이 대답하기를
'왜그래! 내 이름은 꼽사리라고 하는데….'

재미있지요!

# 수수께끼

오늘은 할아버지가 수수께끼를 하나 낼게요.
길쭉한 그릇에 들어가면 길쭉해지고
동그란 그릇에 들어가면 동그래지고
추우면 딱딱해지고
더우면 풀어지고
뜨거우면 날아가는 것
그것이 무엇일까요?
ㅎㅎㅎ～～～

# 어느 곳에서도

물은 컵에 담기면 컵의 모습으로
냄비에 담으면 냄비의 모습으로
병에 있으면 병의 모습이지만
모습만 변할 뿐이지요.
율이도 한국에서, 핀란드에서, 혹은 나중에
미국에서 장소는 변할 수 있어도
율이의 모습과 마음은 똑 같아요.

---

# 여우의 꼬리

옛날 어떤 할머니가 우유가 담겨져 있는
양동이를 잠시 옆에 두고
땔감을 준비하고 있었는데,
한마리 여우가 글쎄 우유를 다 마셔 버렸어요.
할머니는 화가 나서 여우의 꼬리를 잘라 버렸고,
여우는 꼬리를 돌려달라고 울면서 애원을 하였지요.
할머니는 우유를 다시 돌려주면
꼬리를 다시 꿰매주겠다고 말했어요.
여우는 할 수 없이 암소에게 가서
우유를 달라고 부탁을 하였지만
암소는 풀을 가져오면 우유를 주겠다고 말하지요.
그래서 여우는 다시 들판에 나가 풀을 달라고 하자
풀이 "그럼 나에게 물을 갖다 주렴" 하고 대답을 하여
다시 개울로 가서 물을 달라고 해 보지만
"항아리를 가져오렴" 하고 대답했다.

여우는 기진맥진하여 포기하려고 하자,

여우를 가엾게 여긴 방아간 아저씨가 먹을 곡물을 주었어요.

여우는 힘을 내서 곡물을 암닭에게 주어 달걀을 얻고,

그 달걀을 행상인에게 주어 구슬을 받고,

그 구슬을 한 아가씨에게 주어 항아리를 받아서

결국에는 항아리에 물을 담아 암소에게 주어 우유를 받아

할머니에게 갖다 주었답니다

그래서 여우는 다시 꼬리를 찾게 되었지요.

우와~~~~

재미있다!!!

# 두마리의 늑대

율이 마음에도, 할머니 마음에도, 할아버지 마음에도
누구에게나 두 가지 늑대의 마음이 있어요
하나는 '사랑'이라는 늑대이구요,
또 다른 하나는 '미움'이라는 늑대입니다
좋은 사람, 나쁜 사람을 결정하는 것은
마음의 주인이 평소에
'사랑'이라는 늑대에게 먹이를 많이 주는지,
혹은 '미움'이라는 늑대에게 먹이를 많이 주는가!에 따라
결정이 되지요
'사랑'이라는 늑대는 친절하고 남을 사랑하고,
미소짓는 늑대이구요.
'미움'이라는 늑대는
화내고, 욕심내고, 짜증을 내는 '늑대'입니다
율이는 어느 늑대에게 좋은 음식을 주고 있나요?

# 원숭이와 도토리

옛날 중국에서 원숭이를 키우는 사람이 있었어요.
그런데 그 해에는 도토리 농사가 잘 되지 않아서
원숭이들의 먹이가 부족하게 되었지요.
주인은 할 수 없이 원숭이들에게
오늘부터 도토리를 아침에 3개, 저녁에 4개를 주겠다고 하니까,
원숭이들이 화가 나서 난리가 났답니다.
그래서 주인이 꾀를 내어 원숭이들에게
'그러면 아침에 4개 저녁에 3개를 주겠다'고 하자
원숭이들이 좋아했어요.


원숭이들은 머리가 참 안좋은가 봐요.
율이는 똑똑해서 괜찮아요.